Pingyuan Ji

平 原 纪

爪哇岛 著

GUANGXI NORMAL UNIVERSITY PRESS
广西师范大学出版社
· 桂林 ·

图书在版编目（CIP）数据

平原纪 / 爪哇岛著. —桂林：广西师范大学出版社，
2019.7

ISBN 978-7-5598-1736-5

Ⅰ．①平… Ⅱ．①爪… Ⅲ．①散文集－中国－当代
Ⅳ．①I267

中国版本图书馆 CIP 数据核字（2019）第 070786 号

广西师范大学出版社出版发行

（广西桂林市五里店路 9 号　邮政编码：541004）

网址：http://www.bbtpress.com

出版人：张艺兵

全国新华书店经销

广西民族印刷包装集团有限公司印刷

（南宁市高新区高新三路 1 号　邮政编码：530007）

开本：787 mm × 1 092 mm　1/32

印张：8.75　　　字数：150 千字

2019 年 7 月第 1 版　　2019 年 7 月第 1 次印刷

定价：42.00 元

目录

/ 那些弥漫过来的忧伤 /

向水而居

生于平原，长于平原，无山无水，就多了诸多的寂寞。好在，大片的名水没有，无名的水域却遍地皆是：水湾、河流、沟渠、池塘，甚至水洼，于平淡寂寞的日子里平添些许湿润、奇趣、灿烂和快乐。因为小，就珍贵，就清楚地记着，以便在浮躁、郁闷的时候能望梅止渴，把焦躁的心情逐渐平息下来，如同去一个明净的白日梦里走一遭，美好的日子，就能接着过下来。

/ 池塘碎影

村子里有了池塘，村里人就沾了灵气，丫头们看着水灵，活泼，黑小子们则滑溜溜的，显得十分精神。女人们有时间就爱到池塘边上聚齐，手里随便拿点东西，名义上是去洗衣服，实际上是那里人多，又有清凉的塘水可戏，还能把心里的闷气跟人唠出来，周身舒泰。所以，倘若你来村里，几乎随时可以看到村里人不管大人孩子，身上的衣服都干净整齐，让人疑心是城里人来村里走亲。

池塘不大，有几亩见方，但是塘边有歪柳俯倾，每日梳妆戏水，自得悠然。夏日里的晌午饭后，免不了有孩童站到歪柳上跳水：一个一个爬上去，尖叫一声，再一个一个跟下饺子一样跳下去，刺激，有趣。于是，跳跃、欢笑、尖叫，乐此不疲。不远处就是女人们的天下，女人们用搪瓷脸盆或木盆到池塘边上盛了水，端上来，一件衣服就可以洗上半天。洗衣是下意识的，说话倒成了主要的工作，此时，你可以听到在孩童们的狂欢乱叫声中，女人们的叽叽喳喳、嘻嘻哈哈也流水一样地穿行其中。池塘的联欢要一直持续到下午四五点钟，暑气消了以后，有了凉风习习的感觉，人们才陆续地散去。

池塘的边缘渐下渐缓，有心人就依了坡势，用铁锹修出下水的台阶，又在入水的地方挖出深坑——这是人们用来取水的好去处。其余的地方则是平缓的，沙砾、小鱼儿清晰可见，有一种大头的小鱼儿最是讨三四岁的小孩儿喜欢：几乎透明的身子，布满和淤泥一样的颜色，它待在河床上不动，你就发现不了它，它一摇尾巴，哈，原来在这儿呢！用手一碰水面，它就迅速地消失了，一会儿看看没反应，它又动了。小孩可以跟它游戏很长时间，它傻呵呵的样子，和小孩一样的天真有趣。

傍晚时候，池塘就成了女人们的自由天下，胆大的女人晚上喜欢来这里洗澡，而习惯上，男人们都自觉地回避。女人们陆续结伙三五成群地来到这里，小心地走到水里，换衣洗澡，小声说话，警觉地注意着四方的动静，偶尔一条鱼撞到腿上，或者是一只蝉突然一声尖叫，都引来女人们惊恐的尖叫，随即一切都恢复正常。女人们伏到水里，只露着一个脑袋，四处张望，只觉得周围一切都充满了神秘的光影。

池塘的对面，是浩瀚的芦荻地，春天孩子们都跑到那里提（音dí）菇荻，所谓菇荻，就是荻子长出来的幼芽，可以吃，嫩甜绵软，是孩子们美妙的零食。整个春天里，孩子们口袋里都装满了菇荻，随时都可以拿出来吃上几根。而到了夏天，半人多高的荻子，都长到水里来了，这个时候，就有蓝靛色的水鸟站到芦荻秆上荡秋千，叫声银亮，灌了水的柳哨一样，唧唧啾啾的，声音儿听得人浑身透凉爽快。有嘴巧的小媳妇就会说，这水鸟要是个丫头，肯定是个爱死个人的俊丫头。但这样的俊丫头很机灵，是根本捉不住的，甚至人都不能靠近它看个仔细。它个头轻巧，飞得很快，稍微有点动静，它一个转身，跟箭一样，"嗖"的一声，就射到芦荻丛里去了，很长时间也不出来……寂寞了，它就叫，你只能听见银亮的叫声，清脆悦耳，恼人心尖，却什么也看不见。

看见这么大的水面闲置着，就有聪明人承包了来养藕。夏天来的时候，密密的荷叶就高高低低地铺开了，水灵灵的荷花开了，有浓密的清香散发，直冲人的肺腑，跟一下子打开了肋巴骨一样敞亮。淘气的孩子就摘了荷叶戴到头上，很英武的样子。大人孩子还都是到这里来聚齐，乘凉说闲话。

只是小孩子们都不跳水了。但他们很快就又找了新的乐趣，那就是荷花开的时候，就把箭头一样尖角水红的荷花摘下来，插到家里的瓶子里，灌上水，可以闻香好几天，博得大人的夸赞。等荷花落了，还有莲蓬可以偷摘来吃。先用春天钩槐花的长长的竹竿（一端绑着铁丝钩子）把发黑的莲蓬钩下来，再慢慢地钩到岸边，把黑黑的莲蓬撕开，里面的莲子胖乎乎的，用刀子划开坚硬的外皮，就可以看到雪白的莲子了，像膨胀的花生。青春期的莲子吃起来有奶腥味，水气很重，味道犹如地瓜，但是熟透了的莲子坚硬无比，可以当弹弓的弹丸使用。沿中间的裂缝小心掰开，里面藏着一个绿芽，有经验的孩子知道，必须把这个绿芽掰掉，因为它苦得人掉舌头……掰掉了绿芽，两瓣雪白的莲子简直称得上香甜可口，而且可以马上吃，也可以藏到草堆里捂着，等到冬天炒着吃，味道更是甜美。

有了荷花，冬天孩子们虽然没了冰上滑冰的快乐，但多了挖藕的幸福。养藕的人挖完了藕，为了来年的丰收，允许孩子们来挖残留的藕根。孩子们就拿了铁锹，深深浅浅地挖藕。藕在黑色的淤泥里钻来钻去，碰到少水的地方，雪白的藕会憋得很粗短，一节连一节，里面的莲孔惹人怜爱；水多的地方，则又细又长。虽然收获少了些，但是跟捉迷藏一样，充满了无比的新奇和神秘的新鲜感。

　　实际上，池塘最好的时光还是在夏天。夏天的池塘充满了美妙的旋律，有不甘寂寞的大鱼在水面上跳跃，有力的尾巴击打着水面，发出响亮的击水声，还有水鸟不绝的鸣奏，水红的月亮倒映在水中，天上人间，看得人发呆。更为绝妙的，是雨后的夜晚，无数的青蛙在水域里歌唱，高低起伏的咕呱声此起彼伏，让人嫉妒那里的晚会内容是如此的绝妙、丰富……惹人心动。

　　小小的池塘，就这样美妙了村里人的时光，也美丽了孩子们的童年。

/ 水湾

　　水湾就是一个大坑里盛满了水。因为久远，就成了固定的所在。在平原上，这些水湾，几乎村村都有一个，或大或小，或深或浅，或周正，或曲折，基本都是随意成形，而且，这水，常常与经过的河流或者水沟相连，就成了活水。大河里有水，水湾里才有涟漪。偶有水湾面积大，或者深广，就可以颠倒过来，干旱的时候能够倒流，庄稼用水就有了保证。但是水湾里补充的水，通常都是天上来的雨水或者流经的河沟水。

　　一般来说，讲究些的地方，还故意把人吃的水井打到水湾边上。一来，有河沟的活水不断补充，可以确保干旱年份水井不干枯；二来，因为有水井在，村里人，无论大人小孩，都会对水湾爱护有加，从而又确保了水湾的水干干净净，一举两得，甚得村人的喜爱。

从记事起，村南的水湾就一直存在着。其形状类似一个横放的水梨，水梨把儿向西，与村西的南北河相通。水梨肥大，且有些向南弯曲，弯曲的地方长满了高大的芦苇，水梨尖上，则是高台，高台上就是水井，水甜，甘冽，我们叫甜水井。这是全村唯一的一口能吃的水井。水湾周围，都种满了柳树或者杜梨树。常年被水冲刷，柳树都向水面倾斜，且紫红色的根须都在水里漂着，懒惰的鱼虾常常在那里做窝。

水湾的岸分两级，靠水的一级，似乎是浅沟，有三四米宽，但是平坦，村人用水或者饮牛羊，很方便。还有一级，有多半人高，就是村里的道路。这似乎是个缓冲，小孩子或者牛羊不会一不注意就掉进水里。

夏日里，午后，村里的女人们都端了木头水盆来水湾北岸洗衣服。小孩子则在水边玩水。印象极深的，是水边清浅，有各种细小的沙粒，小鱼小虾在水边嬉戏。小孩子趴到边上，可以看免费的小戏。手痒了，可以用手去捉，那鱼虾呆头呆脑，常常被活捉了上岸，放到罐头瓶子里养上几日不死。水少的日子，七八岁的顽童就可以避了大人，去水里学狗刨、扎猛子——村里孩子们学玩水，最初，都是从这里开始的。记得有一回，胖头精赤着身子，在水边小心地走，结果一滑，来了个"老头钻被窝"，平躺在水底，也不挣扎，却大睁着眼和嘴巴，眼神愣怔，吓傻了一样。我们大为好奇，居然连他的眼睫毛都看得一清二楚。

孩子们在夏日可以站到歪斜的柳树上玩跳水，水平不高的人，容易平着身子落下来，水能把肚皮拍得通红，开水烫了一样疼。遇到抽水浇地，水湾就要干了，全村人都去逮鱼。有一年，大家浑身泥水，拼命地追赶一条大鳝鱼，结果，追急了，这家伙三下两下就爬到水里的一棵小柳树上，所有的人神情大变，立刻一哄而散——原来是条水蛇——鳝鱼哪有会上树的？而看机器的帮爷爷，不下水凑热闹，只在边上，用铁锨撩了小虾上岸，居然捉过来在水里涮涮，放在嘴里生吃。我们目瞪口呆，他一脸享用：干净，好吃。

因为是老湾，水抽干了常常就有很多鱼，甚至有乌龟。但那时候很少有人吃这东西，给小孩子玩腻了就再丢回去。有一年，我包头的一个表弟，小学刚毕业，来乡下度假，正赶上水抽干了。看到村里人都集中到水里逮鱼，眼睛放光，马上和我弟弟用纱窗做了网，在泥水里兜鱼，浑身都是混浊的泥水。因为刚学会扎猛子，高兴了，就把渔网一丢，在齐腰深的浑水里来个底朝上，扎上一个。那天捞的鱼有一脸盆，晚上回家，天下大雨，我们在小屋子里用砖头搭了灶火，在小铁锅里炖鱼。我其时刚看过一个炖鱼的秘方，就使劲地偷加白酒、醋，我的想法是能压住腥味。而表弟因为高兴，又是自己亲手抓来的鱼，这对于认为花生是树上长出来的他来说，放开胃口享用大餐是最大的渴望。一锅鱼，他连鱼带汤都不放过。结果，他还没有吃完，就开始傻笑，说话东一榔头西一棒槌，把我们逗得哈哈大笑，后来困得睁不开眼，起身去睡觉，看到他东倒西歪，母亲就纳闷：吃个鱼也能醉？有醉酒的，还有醉"鱼"的？我知道惹了祸，不敢声张，希望他能赶快睡去。没有想到，尚未到下半夜，他就开始上吐下泻地折腾起来，之后又睡。好在终于坚持到天明。此事在经过二十三年后，他还记忆犹新，说他的小命差点丢在我手上。我不禁大笑，说没出息就没出息，怎么能把账算到别人头上？他颔首赞同，说再也没有吃过那么好吃的鱼。我暗自发笑，自认为，天下厨师，估计没有谁敢像我那么疯狂地在鱼汤里下酒和醋。

后来村里出资，在水湾里种莲藕。夏日荷叶宽大，香味浓郁清冽。我们多是摘了荷叶，顶在头顶上，一来遮阳；二来，是顶风光的草帽；三来，这东西，天生的干净，一点也不沾水。我们用罐头瓶子从井里取了水，兜在荷叶里，那水就变了模样，在荷叶上晃来晃去，跟珍珠一样，晶莹、饱满，怎么看怎么喜人，我们就专门用它喝井水，解渴、心里透凉。村里的干部看不见的时候，我们也摘荷花，偷偷拿回家插到酒瓶子里，能放好几天。荷花的花瓣跟小碗一样，从白到粉红自然过渡，很好看，可以拿它当小勺用，吃东西的时候连小勺一块吃，有点脆。花瓣里面的莲蓬其时还是嫩嫩的一团，被淡黄的花须一根根地围着，香气最是冲鼻，闻一下，要打好几个喷嚏。

八月十五前后，吃腻了瓜枣，我们就躲了大人，下到水里偷莲蓬。此时，水已经开始发凉，下水需在中午最热的时候。下水也不是就能摘到莲蓬，因为满湾都是荷叶，荷秆上满是刺，在水里尤其生硬，很容易把身上划出条条红痕，阳光一照，生疼。只是莲蓬子太过好吃，瘾发时，就几人相约，轮流下水。下到水里，整个人立刻就被荷叶遮住了。那荷叶被阳光照射，映得水里幽深发绿，如在深谷幽洞，喘气声都有回音。水里荷秆晃动，曲里拐弯宛如水蛇，让人甚是恐惧，尤其荷秆互相交错，人很容易被缠住，所以在水里要百倍地小心，轻轻把纠缠到一起的荷秆慢慢分开，一点点往前移动。近处的莲蓬很快就被人摘光了，就有人用竹竿绑了镰刀，伸到荷叶丛深处去摘。到最后，湾中心的莲蓬连在一起，挤挤嚓嚓地在一块乱碰，看着诱人却毫无办法。

莲蓬大得面如饭碗，布满诱人的莲眼。青绿的时候，莲子如同嫩花生，清脆、水甜，中间夹着一颗绿芽，发苦，要摘掉。而秋后的莲蓬，莲房多是黑绿，撕开莲房，里面的莲子外皮亦发黑，把皮用小刀割开，莲子雪白，吃的时候就有了清香。而最为好吃的，当是秋天把莲蓬藏到草垛里，捂一个冬天，下雪的时候再取出来，此时，莲子已经硬得如同石子，把外皮去掉，莲子同样坚硬，掰开，里面的绿芽更苦，要丢掉。而将坚硬的莲子放在嘴里，一点一点地咬下细嚼，则愈嚼愈香，回味无穷。于所有的零食中，位为极品。

　　而到了冬天，满湾的荷叶干枯，就开始被风吹得如同一面面破旗，逐渐凋零。水面结冰后，我们就去水湾里滑冰。那荷叶，高出冰面的，我们抓住，用脚贴着冰面一踢，就成了回家烧火用的柴火。而在水边的，因为水浅，长得矮，就都冻在冰面上。有一年，我不小心一脚踩到一片干枯的荷叶上，没想到，枯荷下的冰不结实，结果，一条腿漏下去，棉裤精湿，哆哆嗦嗦地回家，在母亲的怒骂声里钻进被窝，棉裤被母亲在灶火上烤干。从此再也不敢去水湾里踏冰。

　　事实上，村里自从种了莲藕，一直没有人仔细地管理过。后来干脆就放任自流。有一年冬天，水湾里的水干了，全村人去水湾里挖藕。在清扫过好多遍之后，我们还是带了铁锨和草筐，去挖得面目全非的水湾里接着挖。有些地方已经挖得有半人深，积了不少水，但是那年天气奇寒，水都冻成了一块，用铁锨撬起来，丢出去，能接着挖。那藕，有些扎得很深，藏得很瓷实，你挖着挖着，听咔嚓一声，心里就嘭地开一朵花，小心地清除周围的冻泥，雪白的藕就现出来。那个冬天，家家都在吃藕，过年一样。如是好几年，莲藕每年都能不断地长出来，只是，越来越少而已。

作为一种资本，我常常要给儿子讲述水湾的种种奇妙之处，以补充他在小城里单调且乏味的童年色彩。终于有机会带他回家，不料，水湾已经干枯到底，湾底布满了牛羊之类的蹄印——村人说，水湾与村西的大河不通了，修路的时候，直接堵住，水湾就成了死水。而水湾尖上的甜水井早已干枯，也没有人再在那里挑水喝。家家都用上了电动水泵，按一下，水就从压水井里自动流出来。

至此，我给他勾画的美妙画卷，被时光吹得散如云烟，不留痕迹地随风而去。以后，我只能闭嘴，将这个话题悄悄掐断。也许，它们永远，都是我一个人的回忆了。或者，是痴人说梦，在别人看来。

/ 大河

这条鲁西北的大河紧邻陈庄的西侧，有几十米的宽度，比十几里外的运河还要宽，但它只有一个不起眼的名字，它被称为"沟"。这让我一直感到不公平，就像为一个人的坎坷遭遇而愤愤不平。

大河在我出生之前就已经有了，它几经改道、开宽和清淤才有了今天的气势。它平时总是一副逆来顺受的样子，任凭顽皮小子们作威作福。只是在我四五岁的时候，忽然发了大水，大水漫过河岸，河上的四五座桥像下饺子一样扑扑腾腾地不见了影子。一个过路的人摇摇摆摆地过河，手里举着衣裳，一晃就没了，连声"哎哟"都没叫出来。我还记得那时村里道路上的水都漫过了膝盖，村西头的二愣子用根棍子撑着一大块门板子在道上横冲直撞，不小心撞上什么东西，他一个趔趄就栽了下来。那一年，我们没少捞鱼，鱼比兔子还会捉迷藏——水退了，从涸塌的土墙上进到院子里的鱼再也回不去了，看见一块泥在动，用脚踢上一下，一条鱼就出来了，比踢一块地瓜蛋子还容易。

还是说河吧。大河有一年开宽，从十多米一下子开出去五十多米，河泥全是细沙，都堆在河边上做了路基。那几乎是几十年来最美好的日子：河里没有一根水草，两米多深的水清得透底，你能看见大黑鱼在里面穷转悠，一些闪着鳞光的小鱼被它们吓得贼星一样乱窜。当然，这样的日子里要捉住它们非常困难，所能干的就是玩水。这当然是夏天。放学后背上草筐，扯个谎去拔草，到河边把草筐一丢，尽情地玩吧，一玩就是三四个小时：一个猛子扎下去，十几米就冲出去了。

还玩一种捉"钟"的游戏，就是把一块砖头丢出去，一伙人四面八方地冲进水里摸。有一回老九一个猛子下去，鼻梁上顶出块血印子，手里举着一个人头盖骨出来，把一伙人吓得魂飞魄散。后来有人说这里是古墓，兴许有古玉、金元宝之类的东西，大家就互相鼓劲去摸，结果摸上来的泥猴、蛤蜊、大蜗牛和不成形的骨头渣子倒有一些，再后来，大家就只玩水，不再提什么元宝之类的劳什子了。

水玩多了，身上容易被水泡"发"，尤其手脚，像现在人害脚气，于是用衣服兜些水上岸，到路中央，那时正是中午，少有人行，路上的细沙被日头晒得滚烫，把水浇上，人躺下，以沙覆身，人就像钻在被窝里，舒舒服服地小睡一觉，等于"洗"了个日光浴。但往往乐极生悲：忘了拔草。等想起来就晚了，只好就近到树上折些树枝"撑"在筐上，偷偷摸摸进家，趁没人注意将筐往大草堆上一丢，就万事大吉啦。但若被发现，骂一顿甚至打上两巴掌也是正常的。

河水少的时候，就可以摸鱼了。有一回我们摸鱼，一伙人把水搅得浑黄，正捉得起劲，忽然小八子一声狂叫，冲上岸去，被狗咬了一样乱跳乱叫，将我们骇得一起蹿上岸，才发现这家伙雪白的大腿上伏着一条蚂蟥。大家都吓傻了，幸亏是中午，有赶集的人回来，看见了就大叫一声"别乱动"，脱下鞋用鞋底抽，几下就把那条蚂蟥给抽下来了，小八子的腿又红又肿，上面还有个血洞。我们立刻一哄而散，整个夏天没人再敢去那地方下水。

但毕竟这条河是我们童年所有的快乐。第二年，"记吃不记打"的我们换个地方又下水了。我们在水里打架、吵闹、和好，越过河去对岸的瓜地里偷瓜，让瓜农追得鸡飞狗跳。一天天没心没肺地在河边过日子，将大人们认为风平浪静的童年过得惊天动地。这些，让我们与这条河绑在了一起，多少年后的今天回头望去，竟发现，童年的故事就是这条河的故事。

最让我们感到幸运的，是我们没有一个人被这条河吞没，也就是说，我们都越过了这条河而活到了现在。有一年秋后，天都大凉了，河里的水涨了多半。有人说来了条大鱼，有一米多长，在河里来回出现，总是不走。我们来了精神，老九就偷了他爹的一杆铁叉，是他爹扔猪圈粪的家什，后面拴了条绳子。我们雄赳赳气昂昂地去叉鱼，也果然看到了那条鱼，果然是一米多长呢——脊背如狗腰般粗壮，我们合伙拼命地将粪叉叉出去，不料绳子半路就滑下来，那条大鱼像领着叉走一样前面带路，那把粪叉摇摇晃晃地在后面跟着，像条狗一样没出息地越走越小，最后连根尾巴尖也见不到了。

就是那一次，老九差点被他爹一巴掌打回老家去。他爹哭咧咧地去河边想找回那把叉，但河水又涨了，有些发黑，什么都看不见。他爹捞了一天也不见踪影，心疼得直搓手，说："三块钱又没了三块钱又没了……"后来再也没见到那条鱼和铁叉。老九后来就跟他爹讲宽心话："那条鱼可能就缺一把粪叉，要不，它干吗一直在咱们这儿穷转悠不走，给它粪叉它立马就走了？"老九他爹气哼哼地瞪了他一眼，说："你少咧咧，一条鱼就缺你家的粪叉呀？你家的粪叉比别人的香？"老九就再没敢出声。

上几天做梦，梦到了这条河和从前的这些事，我忽然在梦中没来由地喊：快跑快跑。醒来发现是在做梦，又没来由地伤心了一回。

回陈庄看看，鲁西北的这条大河已经变小了，真叫沟了。河坡上到处都是小沟，那些细沙又淤回到河里去了，更糟的是水少了，臭了，看看，已是非常的寡味。

想到那个梦，这条河叫臭水咬了，再跑也不管用了。只好杂乱地记下这些，好叫自己记得，从前有一条叫"沟"的大河，曾经碧波荡漾……

/ 毛家湾

要过很多年，直到读到那篇《毛家湾的女主人》，我才知道，原来毛家湾还这么有名。

我说的毛家湾，当然不是京城里那处宅子，而是毛家庄前水面连绵的水湾。

毛家庄给我的第一感觉，是孤零零的独处者。它四邻不靠，周围三四里地范围内都没有村子，远远地看去，只能看到一些树影和房檐屋角。而村子周围，又都是白花花的盐碱地。当初，我们这些刚上初中的孩子，边打听边拐弯抹角地找到这个村子时，心里着实凉了半截。这还是人间吗？地里白花花的，长的庄稼跟草差不多，稀稀拉拉，还不如没有看着顺眼呢。更重要的是，这里好像到天边了。一个同学甚至用到了刚刚学到的一个词——发配——咱们就这么给充军发配到边疆来啦？现在才知道什么叫不毛之地。

也难怪，在我们的印象里，村子都是紧靠着的，不过半里一里，就是一个，站在任何一个地方，你都可以看到邻村里走来走去的牛，吃草的羊，做饭的炊烟。邻村里吵架，或者来了马戏，甚至来了卖豆腐的，都可以听得一清二楚，你回家拿个碗，再出来，那卖豆腐的也就来到村边了。而现在，这毛家庄好像连个依靠也没有，孤零零地悬着，让人心里空得慌。但是，万般无奈也好，心灰意懒也好，我们没有选择的余地。这里是联中，我们的初中就在这里读了，也只能在这里。

毛家庄的房子稀稀拉拉的，跟盐碱地里的庄稼相似，从东到西，战线拉得很长，南北却很单薄，像切得薄薄的一片豆腐，不知道有什么讲究。让人感到好奇和惊讶的，是村前有一条大河似的水湾，这就是毛家湾。毛家湾随着村子的排列，也长长地拉出去，却又宽窄不一，时断时续。我们去的联中学校，与村子隔着毛家湾相望，像一个孤岛。毛家湾中间，有一条土坝，将学校和村子连了起来，也方便村里人去学校南面的庄稼地。

整个毛家湾的南面，又是一片辽阔的洼地。洼地仍然是盐碱地，除了零星的红荆条和紧贴地皮的芦扎，就是白花花的碱壳，要么一层皮一样半张起来，要么是白色的粉末，在太阳底下，亮晶晶的，刺眼。这片洼地和再往南的庄稼地有个明显的界限，跟半堵墙一样，相差多半人。我们骑了自行车，顺了斜坡，一个俯冲，就冲下来，轻松得很。夏天的时候还好，春秋却很艰难，因为这盐碱地很特殊，一阴天下雨，地里的水分多，动不动就跟淤泥一样，却不陷人，而是如橡皮胶一样的地皮，踩上去上下忽悠，吸力很大，尤其春天，走路要比平时费一多半的力气。

学校在毛家湾的南面，紧贴水边，地基却很高，有三四排房子，老师也很多。因为与村子隔了毛家湾，村里人没事就轻易不到这里来，这就显得学校非常安静。

好在那片水很喜人。在我们的印象里，几乎没有人见过这么大的水湾，跟个小海一样，那水绿油油的，平时稍微有点风，那水就有细小的波浪翻滚，甚至在岸边冲起白沫，还哗啦啦作响，既然见不到海，这里也算能满足我们对海的向往。

我们的语文老师姓范，讲课很幽默，思路也跟小学的老师显著不同。他时常带我们到野外去实地作文，我们欢呼雀跃，兴奋中写作文就有了新鲜的东西。这个时候，毛家湾就时常派上用场。春天了，水暖花开，杨柳依依，春水激荡，鹅鸭潜水，我们就去瞪大了眼睛，来一篇写景作文；夏天了，偷偷找个偏僻的地方下水，过一把玩水的瘾；秋天鱼都肥了，村里有人找闲下网打鱼，我们就去看个热闹；冬天一到，水面结冰，且越结越厚，村里的学生就直接从冰上来往，顺路还抽个陀螺，滑几圈冰。这些，老师都是允许的，而且，还把写得生动的作文拿到课堂上讲读一番。所以，仅仅用了不到一个月的时间，我们就喜欢上了这个"蛮荒之地"。

范老师让我们第一次知道了课外书，他家的书很多，都拿来给我们看，《动脑筋爷爷》《十万个为什么》《中学生》……每天上语文课，我们几乎都处于激动得满脸通红的状态。他脾气还好，有几次，放学的时候大雨，他不光把家里的塑料布、床单、门帘都带来，还发动毛家庄村的同学回家拿雨具，让我们觉得，在这里上学，算是来着了。

由于老师的默许，我们就有了很多的空闲时间，可以去水边背课文，说闲话。我的一个新朋友，小名叫秋收，名字新鲜，更新鲜的是他哥哥叫麦收，让我觉得他爸爸很有水平，起的名字这么好玩。秋收从另外一个学校转过来，他原来是跟着姑姑的，只是她那里没有初中，就又回来了。他知道很多好玩的事情。比如，他弟弟丰收，从小喜欢吃土，打了多少回也不管事，尤其喜欢吃炕土，被烧得焦脆的那种，谁家换炕了，就去抽冷子偷一块，藏到一边，跟吃锅巴一样，嘎巴嘎巴的，吃得很香甜。找医生看了，说是缺营养，但家里穷，没有营养，唯一的法儿就是全家人严密监视。

"不管用，吃够也就不吃了，你越不让他吃，他就越馋。"这是秋收的意见，他很想得开。多年之后，我再见到他弟弟，靠贩运粮食，据说资产已经百万，而且很富态的样子，我就想起秋收的话。估计，他现在不是营养不够，而是担心营养过剩了。不知道他现在贩运粮食发家，是对小时候的一种心理补偿，还是一种巧合。

课文背累的间隙，秋收还告诉我，说再往东几里地，那里的人说话 zh、ch、sh 和 z、c、s 不分，说话很有意思。他听村里人讲过一个故事，说有人去赶集，回来给人讲，他啄（昨）天，买了二斤冲（葱），山（三）斤涮（蒜），一瓶子老怀（醋）。我感到非常好奇，说离得这么近，为什么他们说话那么难听，你们就没事呢？他很得意，说村里的老人说了，是毛家湾的水好，养人，那些人那里没有这么好的水，舌头就不灵便，说话拉不直舌头。村里人对这湾水看得重，是村里的风水，谁也不能脏了。你看看，村里没有一个人敢往水里倒脏东西。随后他神态很严肃地说，多少年了，老辈的人都这么传下来的，要不是这么保护水，我们村在盐碱地里是待不下来的，早就给"碱"跑了。

由于离家远，我们中午不回家，而是拿了干粮在学校里和校长搭伙。校长住校，个子矮小，说话有点咬舌，但是脾气好。学校里的闲散地，都被他种了蔬菜，我们沾他的光，他吃什么，我们就跟着吃什么。他办公室门前有一口压水井，我知道这水紧靠后面的水湾，有"风水"，沾灵气，就常偷偷使劲地喝。校长就很奇怪，怀疑我得了什么病。弄得我喝水的时候跟做贼一样，要先偷着看看他在不在。

校长也带课，教我们美术。他本身不会画，而是教给我们大量描画的方法。有几个家伙入了迷，专门画小画书上的武将，开始印着画，后来就脱了纸，在八开的大粉连纸上画，那武将骑马、抖枪，神态英武，跟真的一样。后来，其中的一个一直迷到初中毕业，耽误了学业，没能考出来，就专门去学画画，最后去了济南，做舞台设计，成了学校的骄傲，村里的人物。

这个村里的同学名字都很接地气，比如，有个嘎子，有个河水，还有个马路。据说，马路的母亲待产时回娘家，有了感觉就赶紧往家赶，最终生在马路上，就给了他这个名字。他的弟弟，干脆就叫土路了。他还有一个哥哥，叫文革，很气魄的样子。

我们上学的时候，也要走毛家湾的边。先是一片浅水，里面种满了柳树，树台子很高，露着红色的树根。水边上长满了水草，我们时不时地，可以看到拉蛋的鸭子和鹅，将雪白的蛋下在草丛里，于是不顾水冷热，脱了鞋冲过去，谁抢到是谁的。印象里，毛家湾的水从来就没有少过，似乎永远都那么多。这个村里的人浇地非常方便，从毛家湾里引出来很多水沟，沟里的水充足，到时候把机器拉过去，抽水就是了。有这么多的水，却又有那么多的盐碱地，我感到很奇怪，问过同学，他们说，现在的盐碱地已经很少了，以前更多，治理盐碱地很麻烦，要先撤地，把盐碱的那层去掉，用新土，然后用好水浇，一年年地改，慢慢地就改过来了。你们来的路上，那些长得稀稀拉拉的庄稼地，就是正在改良的盐碱地。

　　就在那一年，我忽然对一个女同学有了奇怪的感觉。她喜欢穿浅黄色的上衣，上课的时候，我满脑子都是浅黄色。见不到她就想，见到了却紧张得冒汗。尤其回家的路上，喜欢跟着她的影子走，远远地，只要看到那片浅黄色，心里就一涌一涌地起波浪，跟毛家湾的水一样。我害怕了，知道这么下去非毁不可，就在日记里把自己大骂一通，从古代的殷商皇帝，到三国的董卓与吕布，一个个数一遍，又把坐怀不乱和关羽的故事反复地温习，想用这种极端的方式惩罚和警告自己。

　　好在不久，那女同学竟然转学走了，我才算脱离苦海，渐渐地恢复正常。后来再想到她，却再也记不起名字，想起来的，只是毛家湾阔大的水域。那水面波光粼粼，好像撒满了金子。

/ 琵琶湾

琵琶湾给我的惊鸿一瞥和旷日持久的柔情，二十多年后，仍然记忆犹新。

那年中考，我们的考场在师范学校，班主任的母校。认考场经过大操场时，他特意向东一指，一片树林的所在，说那就是琵琶湾，口气肯定而自豪。他没有解释，似乎我们都应该知道而且熟悉的，但我确实不知道。顺他指的方向，我看到操场边高大茂密的林木，高低相间，隐隐的水汽弥漫，虽是酷夏，仍然感到凛然一惊。

直到考试，我们跟一个郑同学到他叔叔办公室午休，那单位就在琵琶湾的西南角。其时，郑同学被同村的发小撺掇，一起下棋。我和王同学睡不着，就捏了课本转到墙后，豁然见到琵琶湾。这琵琶湾果然形似琵琶，坡岸陡直，很深，从岸上到水面，就有三米多深的样子，岸上都是高大的树木，有白杨、柳树、槐树，间隔甚为有序，俱是一搂多粗的巨树，高达十几米，树荫阔大；树下则是矮小的紫穗槐，斜坡上也是一墩一墩的，固住了斜坡上的泥土。水面宽阔，清澈，被树荫一遮，都是绿幽幽的，感觉颇为清凉。去斜坡下接近水面的地方，感觉更是凉爽，尤其能见到幼鱼折返悠游，水下的细沙和卵石清晰了然，想来年代已经甚为久远。

放眼整个琵琶湾，在西北那边，似乎有个开口延伸出去，这里的水就是从那里来的，而在水边，居然，有一排房子，石头墙基直接砌到水里去，宛如南方的水乡，一排窗口朝向水面，让我顿生羡慕，开窗见水，那日子，多么美妙！我头脑顿时清醒，背题看书，如醍醐灌顶般，记忆力好得惊人。我暗自惊讶，恍惚觉得如有神助。王同学也深有同感。录取榜出来时，果然，我们两个都中了，而下棋的两个，却榜上无名。其实，郑同学成绩甚好，甚至好于我和王同学，之所以落榜，我和王同学都认为，那天，他不光是下棋，主要是没有跟我们去琵琶湾。如此一议，我和王同学都认为，琵琶湾有恩于我们。而更巧的是，我们两个，都考取了师范，且分在一个班。如此，我们两个，开始与琵琶湾日夜相伴厮守，且持续三年之久。

以后的日子，我成为琵琶湾的常客。我感兴趣的，是这琵琶湾的神秘来历。小城为年代久远的名城，留下的传说甚多，但遗迹尚存的，却寥寥无几。这琵琶湾，应该算一个。我留心去查，却发现，学校图书馆里的资料甚为有限，仅仅只是提名而已，且和龙门楼有关，而这龙门楼，据学校的老师说，就在师范操场西南角的院墙边上。

作为初进小城的懵懂少年，读书期间，我们初始的行动都相当谨慎且拘谨。因为知道稼穑的艰辛，即使手里有"余资"，也很少去街上游荡休闲。所以，业余时间，除了去校图书馆，我很少出门，操场边上的琵琶湾，就成为我们消闲的主要所在。

我们在操场上出操、上体育课，在细雨霏霏中散步、聊天，在黄昏和夜空下看天上的星子，都会顺路一拐，到了琵琶湾边，这里空气清新，甚至有些清冽。因为这里是敞开的，小城里很多年轻男女，也常常黄昏后到这里，将崭新的自行车放在树下，两个人坐到一起，头凑在一块，窃窃私语或者压抑地笑。这让我们感到极大的害羞和不安，几个人住了嘴，加快脚步，悄悄地匆忙走开。但是心里泛起一种奇怪的感觉。

秋天的琵琶湾是迷人的。下午后两节课，是空闲时间，可以随意支配。我一个人，或者两三个好友，去湾边巨树遮蔽的紫穗槐丛里静坐，看书，或者闲聊。闲聊的，都是大而无当的理想或者琐碎的课业。而看书时，则任我无所顾忌地神游。其时，我正疯狂地迷恋小说，看莫言的《透明的红萝卜》，看韩少功的《爸爸爸》，何立伟的《小城无故事》，这个悄然打开的世界是如此的令人惊骇和入迷。看书倦了，就看琵琶湾的水。水里都是瓦蓝的天空和游荡的云丝，结了来，散了去，卷舒散漫，洁白清爽，有岸边人家的鹅鸭，在水里摆动粉红的爪蹼，往来嬉戏，翘起尾巴一个猛子扎进水里，或者箭一般地蹿出去，然后夸张地尖叫，抑或抒情地拉长声音，呼朋引伴。而东岸的人家，都隐在浓密的树荫里，露几角飞檐或者房脊，有麻雀或者野喜鹊起落。坐在紫穗槐丛里，空气中是秋天特有的阴郁、潮湿和繁密，还夹杂着紫穗槐浓郁的气息；而师范校园里军乐队的各种器乐声，也空旷而悠扬地飘过来，清晰而张扬。我觉得，自己在一个梦幻般美妙的世界里，越走越远，难以自拔。

进校的第一年冬天，眨眼就到了。一个周末晚上，学校组织去人民剧院看节目。第一次从大街上绕了很远去剧院，节目内容全然忘记了，却清楚地记住了在寒风凛冽中，我们回校，有城里的同学提出走近路，然后十多个人就绕过剧院，穿过一条小巷，眼前，居然是琵琶湾，而我调整了方向，豁然发现，我们就在琵琶湾西北角，我中考时见到的那排水乡民居般的墙基，竟然是剧院的后墙。其时，天黑夜高，星子细碎，点点光芒若有若无，寒风啸叫中，整个小城被厚重的黑夜包裹，只有我们这些晚归的人悄悄潜行在冰面上。而此时的琵琶湾，已经冰冻三尺十分坚厚，我们在冰面上情绪激昂地滑行，找瓦片、碎砖头在冰面上使劲地掷出，声音尖厉，余音袅袅，女同学们则小心踱蹀，相互牵引，亦步亦趋，尖叫不已。我看到琵琶湾东岸上人家的灯火映到冰面上，光点细小，光芒则发散蔓延，朦胧而多刺。于那一刻，我恍惚觉得，内心里自闭多年的一扇门扉豁然打开，有一群鸽子乱糟糟地飞出，却留给我无限的甜蜜和忧伤，它们同样潮湿，云雾般散漫，将我整个地淹没其中。其后的很长时间，我都沉浸其中，陶醉、挣脱、备受折磨。多年之后，我才知道，那是我迟到的朦胧的青春期，在寒冷之中骤然到来了。

多愁善感的日子总是缓慢而恍惚。春天里，我们更加依恋琵琶湾的柔情和宽厚。带着冰碴的春水日渐温暖，鹅鸭们又到了快活的时候，它们叽叽喳喳的嬉闹，给有点发蓝的春水增添了一圈圈相互碰撞交融的涟漪。我发现，很多同学开始蠢蠢欲动，说话方式和口气怪异而夸张。在一篇日记里，我认为，甜蜜而忧伤的，并不是我一个人。随后，似乎一夜之间，盛大的柳絮和杨花开始漫天飞扬。最先是柳絮，我们都唤它"柳绒"，漫天飘摇，落在人们的头发上，眉毛上，甚至眼睫毛上，然后就开始在地面上滚成一个个绒球，逐渐越滚越大，在春风里滚得到处都是。琵琶湾的水面上，更是厚厚的一层，如同不化的雪花，被风吹过来吹过去。而被叫作"杨柳狗子"的杨花，则紧随其后，细小坚硬的蚕蛹一样的虫子形状，逐渐从尖角上挣开，软软地吐露出花絮，然后一朵朵地落下来，遍地都是。有同学捡来，将花蒂摘掉，专吃花蒂头上的芽尖，说是清热解毒，味道鲜美，令人甚为讶异。这东西能吃，我还是第一次听说。春天的气息尚未消散，班里有人就开始传出"绯闻"，后来就公开成双成对地出现，聚聚散散地，各种版本开始流行。我则本着独善其身的原则，更深地将自己包裹起来，沉浸于和朋友们之间的文字游戏，并私自将这个春天，定性为令人烦恼和晕眩的季节。再去琵琶湾水边，则看到无数的绿色芽尖遍地钻出，那是漫天飞舞的柳絮已经落地生根，悄然发芽了。

等玮见到琵琶湾的时候，我进校已经是第三个深秋了。这个同学的同学，邻县幼师的少女，喜欢在夕阳西下的校园矮墙上给我写信，喜欢在信里抒发各种遐想，和我讨论较为深奥的哲学观点，喜欢信封里夹带花草树叶，喜欢将信纸叠成各种乖巧的纸鹤和飞鸟，更喜欢将字体写得舒朗而稚嫩，如同乍开的杨花。在她们来校巡演、表演舞蹈的间隙，我们去城外的体育场散步，去琵琶湾的树下聊和我们毫不相干的各种话题，思绪张扬而空阔，甚至是漫无目的。很多年之后，我才知道，我们一直，连手都没有牵过。而那夜，深秋的夜风微凉，她穿了淡绿色的连衣裙，眸光闪亮。她们在台上表演扇子舞，模仿波浪起伏，很久之后，我还能在琵琶湾的水面上看到那些绿色的波浪，精巧地抖动。

毕业不可避免地降临，而所有的故事都迅速偃旗息鼓，似乎，那些故事，仅仅只是一个个插曲。我们似乎一夜之间都成熟了，开始考虑去向问题。琵琶湾边的一枝倒卧在水面上的粗壮的半枯半绿的柳杈上，留下了我们很多人的纪念照，大家做着各种各样的姿势，有人怀抱吉他，有人捻着笛子，还有人借了别人的新衣服，唯有一点是一样的，那就是，神态青涩张扬，神色严肃而虔诚，且都一律幸福地笑着。作为背景和衬托，琵琶湾的水，一直在我们的身后和脚下，荡漾了很多年。

后来我从乡下回城，再见到的琵琶湾，已经有点疲惫不堪，垃圾开始向水面纵深进逼。岸边的巨树也消失了。琵琶湾的水，亦是混沌不堪起来。记忆中的琵琶湾，似乎，永远都要留在记忆里了。

近来听说琵琶湾整顿在即，要还琵琶湾一个清澈透明的本来面目。我觉得，这是一个美好的结局，如同还给很多人一个清澈激荡的青春。

关于琵琶湾，我想说的还很多。事实上，私下里，我一直认为，这琵琶湾，必定有一个凄艳的故事，我甚至曾多次动心，想将它敷衍成一个动人的故事，却一直未能如愿。在我的拟想中，琵琶湾的由来，应该与一个才子或者佳人有关。他们因为琵琶，而有了惊世骇俗的故事，不想世事难料，琵琶的主人因病离世，伊人夭杳，令才子（佳人）肝肠寸断，遂倾全力开挖琵琶湾，以铭其志，且独守琵琶湾一生，终生未娶或未嫁。

/ 河边菜园

出家门南行百二十步，就是洼地与水沟，水沟南岸，就是我称之为浩瀚的芦荻行。

水沟奇特，在于它是沟中的沟：第一层沟也可以算作洼地，七八米宽；在临近南岸的地方，是第二层水沟——村人引水浇地，不得不在沟中挖沟——很窄，大人可以跨步而过，却很深，七八岁的人都没顶了。此水沟，乃村人们为给村东的大田浇水，特意从水湾里引出来的。平时缺水，就干着，藏着众多的虫子，一度，是我们的乐园。偶尔村人从家里挑了蛇出来，也常常是往这里一丢就了事。好在那些家伙似乎不喜欢这里，总是迅速地翻转身子，悄悄地遁去，不知所终。但大多数人都认为，它们记性好，哪里来哪里去，还回原来的家了。

后来，上面来人测量，要将水沟扩展成一条河，不光为村东的大田浇水，还给东边的李庄送水。这个行动被老人们知道，其中懂点风水的四爷，认为水湾乃全村的风水宝地，捅一个口子给李庄，我们的风水就破了，因此，就组织一群老头老太合伙去静坐，非暴力不合作，抵制挖河。但最终胳膊没有拧过大腿，他们被人看护好了，挖掘机一天就挖完了这一段。

河挖好了，水就通过水湾与村西的大河源源不断地流过来。好在为方便村民耕作，也为了给村人们一个交代，平衡一下，上面就在东边不远处给修了座水泥小桥，便于过往。河里有了水，就让人感到了灵气。其时，刚工作的我，正为一些青春期的琐事烦恼，常去河边发呆、消愁。

时间久了，见那河南岸的泥土喜人，南岸的一大片地又是自己家的芦荻行，就擅自做主，业余提了工具，先在河边直上直下地挖了口土井，找了粗大的树根横担其上，这样，用脚踩着，可以提水浇菜。又将那堆积的河土摊平，边缘打了垄，成了一个小菜园。说菜园还不确切，大小只有两间房子那么大，虽然我将它划分了四个畦子，每个畦子都是一长条，开口都在土井边横挖的小水沟上。只是浓密的芦荻生命力极强，尖尖的芽子坚韧地从土里钻出来，生生不息。我费力地将它们一一铲除。此后多年，这一直是我的功课，它们总是不断地被剪除，又不断地从菜底下顽强地钻出。

起初，村里人都笑话，说你也不看看这土，是典型的红胶泥，有水就散开，跟沙土一样，没水就坚硬，跟石头一样，你浇水存不住，不浇水就结成一块铁板，还种菜？

我只是一笑，本来就是种着玩的，种不出就当是锻炼身体了。他们就撇嘴，满脸的看不起，我也知道那意思。但没人能拦住我。好在有母亲支持。她告诉我，第一年应该注意什么。有空的时候，她还时常提着铁锹过去看看，帮我打理园子。

第一次种的是白菜和大蒜。那个秋天，小河里的水量很足，更重要的是，因为第一年种菜，土质的肥沃就充分显示出来了，同时，我也偷偷将猪圈里的肥运过去，将底肥上得足足的，我希望，这块巴掌大的小菜园能有个美好的开场。结果，白菜一路疯长，又是出名的"天津绿"，个头大得吓人，叶子宽大，黑绿，支支棱棱的，很喜人。等要霜降的时候，母亲就割了地瓜蔓子，将枯叶捋净，仔细地给白菜拦腰扎上，如同腰带，显得很精神。那一年，除了送人，我们家地窖子里的白菜一直排到顶，齐刷刷地，居然吃到了正月十五。大蒜则一直到了春天，不光吃到了蒜薹，还收获了瓣瓣肥大的大蒜。

从第二年开始，我就放开了，什么都种，比如，菜园边上，除了围了一圈干槐树枝，还种了高大的洋姜。一来是为了防卫鸡们的围攻；二来，那洋姜，简直长疯了。本来，这洋姜，是我在单位上，看到一位同事吃饭的时候，吃到了洋姜咸菜，掐了一块，爽口清脆，略微有点甜，很是喜欢，就顺便问了一句，结果他是自己家里种的。他在春天的时候给我带了几块，像土豆一样，长很多的芽子，还专门嘱咐我切了带芽子的洋姜块，随便挖个小坑种上，点上水就不用管了，"比什么都皮实。"他笑着说。果然，当年，整个菜园边上全被高大的洋姜遮蔽了。等冬天的时候，家里的洋姜咸菜就腌了一坛子，没用两年，我们全村的旮旯角落里，到处都是一丛丛的洋姜。它们的个头，比向日葵还高。直到后来，我不得不开始清除它们，因为它们蔓延得太快了，开始不断地侵占到菜园里来。

为了防止洋姜过界作乱，我就在边缘补种了黄瓜和丝瓜，它们都小疯子似的长，把个菜园边缘围了个严严实实，甚至都搭起了帐篷，过河而来的鸡群，徒劳地在外边转悠，光着急，就是进不来。

园子里除了洋姜，还有韭菜、香菜、茴香、小葱，又从亲戚家弄来两棵葡萄，是有名的美国红提，又在边上种了五棵香椿。韭菜和香菜、小葱都可随时掐着吃，在水里涮涮，甩甩，直接往嘴里塞；香椿春天里娇嫩无比，可以连秆带叶一口闷了，摘上两把，回家与鸡蛋炒了，回味无穷。红提则要到夏末。只是葡萄藤一直个头不高，葡萄粒也不多，属于袖珍葡萄，不过用来解馋还是蛮不错的。

随着经验越来越丰富，又加种了草莓和西红柿，有一次，听见有人种"洋姑娘"，觉得名字甚好，居然有艳遇的味道。就去专门找了人家，求来几粒种子，不料，长出来却是一种樱桃。后来又种了一种西红柿，只是长得怪异，不是圆的，而是细长的。一年后附近有个地方开始大面积种植，才知道，这东西的学名叫"圣女西红柿"，但人家是台湾的商人在台湾培育出来的，还坐飞机来此落户，身价甚高。吃了，味道与我家小菜园里的产品大同小异。

我那几年的业余时间，除了家里有大活，基本就长在小菜园里。每天下班回家，我时常带了小收音机，提了水桶和绳子，还有铁锹，绕过水泥桥，就开始伺候那四畦子小菜。土井里的水清澈，收音机里的音乐悠扬，我提水的动作与音乐和着拍子，手舞足蹈，其乐融融。有时候入了迷，就将畦子灌得四处漫溢，甚至冲了口子。

因为担心河里的水会干，到时候我的菜园就麻烦了，于是就把土井周围的地方挖深，存一些水，以备不时之需。菜园里的泥土并不都是红胶泥，还有白沙，为防止菜地的胶泥板结，我就不间断地浇水，听着菜园里的泥土"吱吱"的吸水声，心里的美，是很难说出口的。

　　后来，我远去北京求学，菜园就撂荒了。家里的地很多，庄稼都忙不过来，尤其是后来大河里的水越来越少，还变色变味，小河里的水就基本干枯了。等我三年后回家，单位又搬去了县城，那园子就越发荒芜了。每次回家，看了荒芜的园子，想起从前的鼎盛，心里的感觉，如同一次没有结果的艳遇，只有美好的回忆和无限的怅惘。

/ 辽阔水域

那一年，我忽然梦想成真，真的被调动去了那片辽阔的水域工作。

事实上，我从这片水域经过，已经有一年了。一年的时间里，我都要经由水域去一个边远的小学上班。这片水域在肖家庄北边，中间就是一路之隔。应该说，我的家就在肖家庄西边，相邻不过三里地，近在眼前，按说应该非常熟悉。但从县城的方向看，这里在东边，就显得偏僻了，没有特别的事情，我们永远都不会朝东走，所以这么多年来，我工作的单位如果不在东边，我也不会知道这么近的地方还有这么巨大辽阔的水域。

我一直在心里惦记着它。走过它的时候，常常想，要是来这个地方工作，那是多么幸福的事情。结果，心想事成，居然成了事实。我听到消息的那一瞬间，心里似乎有一朵花，"啪"地打开，灯一样亮了，这盏灯一直照亮了我以后的所有日月。

水在我的意识里，一直是个奇妙的动词，清澈，激荡，哗哗作响；温柔、体贴，善解人意。无论是涟漪起伏，波光粼粼，还是平静坦荡，光滑如镜，我都喜欢沉浸在其中。平原上，除了庄稼还是庄稼，些许的水，就能将所有的平淡一下子激活了，日子也能过得沾染了灵气一样，滋润且有了活力。

这片水域，端的是辽阔，东西绵延曲折有二里多地，南北则宽窄不一，却断续地连成了一片。我不叫它水湾，是因为它已经完全没有了水湾的拘谨和约束，它南面紧贴着东西向的公路，把那条东西向的过路河完全吞了进去，又向北折来折去，将大大小小的十几处浅滩围在水中，远看起来，如同岛屿。我每天从路边走过的时候，都能看到水里雪白的鸭子在水中浮游。还有看不见的水鸟，在中间岛屿上的芦苇荡里叽啾鸣叫，声音清脆、响亮，贴着水面传得很远，我曾经仔细倾听过那种鸟叫，怀疑是靛雀，却一直只闻其声，不见其形，没能见到一只真切的影子。

令人奇怪的是，这个村里唯一的一口甜水井，就在路北侧的一个高台子上，全村的人，甚至水域北边油坊村的人，也都要来这里挑水吃。而肖家庄人过河的"桥"，是用大小粗细不等的树枝架起来的，上面垫了泥土，勉强能过两个人，挑水的人走上去，眼看着就颤颤悠悠地上下起伏，如荡秋千。而早晨我上班的时间，正好是村里挑水的时候，要排队，人来人往，热闹非凡。看着让人直觉得有趣。

报到那天，经过打听，才知道，学校原来在村东北角。从肖家庄村东头的一条小桥上，顺了水边高大浓密的柳树林荫道，弯弯曲曲地，向北，过几家同样树木高耸的院落，一直到水域东北角，远远地有个独立的院子，前后都是平坦如镜的麦场，就是了。这是一所只有几个班级的小学，房子只有两排，两边有围墙，南面一排房子中间是墙，安了小门。如果不仔细看，还以为是村委会。后来证实，它开始的确是村委会，后来村里人嫌远，麻烦，正好学校扩招，就做了学校，村委会则搬回了村里。

这个学校，小如芥子，且处在三个村子之间，相隔都有一里多地，算是四邻不靠，清静是清静了，却着实有点荒凉。好在西邻辽阔的水域，且水边的柳树都粗如水桶，高十几米，看起来又有了浓郁的水边人家的味道。后来又知道，学校东边，还有一条小河，紧贴着学校围墙，与西边的水域，将学校恬然地括号一样括在中间。我不禁得意地想，天遂人愿的好事，这应该算一个。

学校里男老师有四个，年轻点的，除了我，就是两个姚老师，一个是民办，一个是代课，我们三个在两间相通的房子里办公；还有一个老校长，是退休返聘来看学校的。四个女老师一间办公室，家也都在附近村子。除了小姚老师刚刚高中毕业来代课，离家又远，和老校长一起住校之外，下午一放学，整个学校就空荡荡的了。

因为离家近了，我不用住校，但可以早去并晚走。这个学校里的孩子，都是附近三四个村里的，最高年级是五年级。孩子们都很聪明，算是我的福分，基本没有怎么用力，成绩都出奇的好，在县里都挂号，让我自己都感觉受之有愧。因为喜欢，心情又好，我时常没事就到水边走走站站，坐下看看书，听听鸟叫，看看远处的庄稼和忙碌着的人影，觉得自己的悠闲同样是一种奢侈和腐败。好在，他们都离这里很远，轻易来不到这里，我的"腐败"和不安仅仅是自己的感觉而已，并没有造成多大的压力，这就给我更多的借口和机会，与这片辽阔的水域朝夕相处，乐而忘返。

水域因为囊括了一条过路河，所以，春天里黄河水过来的时候，这里的水经过一路沉淀，就全是新水。水域里还有没有融化的冰碴，被新水冲击，咔咔作响，新水旧水，来到这里，一律干净得发蓝。两个临水的村子里所有的鹅鸭，都集中到这里，各显其能，一拨拨地在里面排了队转圈，叽呱鸣叫，拍翅子、扎猛子，或者两只鹅为了什么稀罕的东西，捉对儿撕扯不休，累了乏了，就集体爬到浅滩上发呆。浅滩上绿芽开始萌发，远望如烟。鹅鸭们如一朵朵云，飘在上面。我去得早的时候，常常见到班里一个女学生，摇摇晃晃地去甜水井上挑水，就好奇，打听了女老师，才知道，这孩子，命苦，母亲生她难产，走了。父亲在内蒙古又成了家，她不去，只在这里和爷爷奶奶一起过，别看小，很懂事，虽然只念五年级，却知道帮忙了。这孩子清秀，爱笑。后来送我一只毛茸茸的小狗，放在我办公桌上，小心地爬，奶声奶气地叫。

夏日里，水域就开始热闹了。顽童们会去浅水里学游泳，把鹅鸭赶得贴着水面滑翔，喳喳乱叫。他们得意地到浅滩上搜寻鹅鸭们遗留下来的蛋，找到了就嗷嗷乱叫，举在手里在浅滩上飞快地跑来跑去，如同撒欢的小马。水鸟们则隐藏在芦苇荡子里，极少现身，却把鸣叫发挥到极致，似乎在和顽童们争抢第一。它们的鸣叫，此起彼伏，成为绝妙的一景，清脆、银亮的声线能一直传到学校，各种各样的，宛如一场盛会。学生们则因为老师管得紧，都集中到水边的大树荫里，做游戏，玩拍片、石子，或者从树根底下掏小鱼小虾。有男生瘾不住，就故意将自行车弄到水里去，然后几个人再下水去捞。女生们则在水边捞小鱼、水草和鹅卵石，或者反复地洗手帕，手帕洗了顶在头上，一会就干了，就接着洗。这样的盛会，往往集中在中午最热的时候。等下午放学之后，就归于寂静，偶尔有水鸟叫几声，在水面上空洞洞地传出来，好像音响的立体声，带着微微的颤音，甚是好听。我迷恋这个时候的空气和景色，常常悄悄去水边的大树下，看远处的景色，或者带着小收音机听音乐，那个时候流行的节目是《八音盒》。此时，置身于水光潋滟的岸边，远远地看白鹅们被夕阳勾了红边的身子，在浅滩上剪影一样待着不动，勾了脖子在翅膀底下，坚持一会，就忽然张开翅膀，一头扎进水里。

傍晚时分了，甚至更晚，但是地里的人还在忙碌，这个时候天气已经有点清凉，人们就趁凉贪活多干点。女人们回家生火做饭，远远地，白色的炊烟在夜色里淡淡地挂在村子上空，像一条长长的带子，飘到水域上空，却看不出一点飘动的意思。也能飘到庄稼上面，兀自悬着，空气里到处都是淡淡的炊烟的味道。有人在远处咯咯啦啦地说话，声音很空，在庄稼叶子上方，如同滚动的空心珠子。

秋天夕阳西下，水域最是好看。水域里的水，邻近学校的地方并不深，清澈透底。夕阳的光撒下来，柔软的金黄，反射得整个水域都是一片光芒。透过眼前的水，可以看到水底丰美的水草，在蓝天上一缕缕淡云的游动中轻轻摇曳，偶尔几条娇嫩的小鱼，没头没脑地发呆或者四处冲撞。而这些水草，延伸到浅滩上后，摇身变成了高大的芦苇，芦苇的穗子都变成了边缘发白的金色。那段时间，我一直在读屠格涅夫的《猎人笔记》，俄罗斯沉郁的草原气息一次次漫过我，我将这里当成我想象中的草原，一次次迷失其中，又被西边的油坊村里偶尔的鸡鸣犬吠唤回来，悄悄回家。

秋风凉了，大雁南飞，来到这里，呱呱的声音散下来，鹅鸭们听见了，也跟着叫。我怀疑，它们是不是飞过了村子，等很晚了再飞回来？这里的芦苇都很高，又是在水中间的浅滩上，几乎没有一点威胁。家鹅们和鸭子们，多数晚上都是要回家去睡的。我之所以这么怀疑，是因为每天早晨我去上班的时候，能在水面上看到奇怪的羽毛。

秋霜一过，芦苇就开始黄叶子，被风吹了，嚓嚓作响。这个时候，水面就明显地瘦下去，露出的浅滩更多了，很多水草开始发黄，干枯。一年里，寒冷的日子要到了。

农闲了，我们就开始家访，去孩子们家走走。记得，这是我教书生涯中，唯一一年这样走访，以前和以后都没有过。这里人情醇厚，孩子也都很乖。他们到我们的办公室里烤火，说些村里人的笑话和故事，还和喜欢孩子的老校长开玩笑，被老校长追得四处乱跑。小姚老师则和孩子们没大没小，那些一年级的孩子喜欢这个漂亮的小伙子，男女生都喜欢爬到他的椅子上，揽住他的脖子，让他看作业。我们班的全体同学，还给妻子患了骨癌的大姚老师家做过一天的农活，这是他们自发的。

冬天的水域更加开阔起来，等大冷的时候，冰面结冰越来越厚，孩子们去上面滑冰、抽陀螺，去浅滩上拣枯草，大人则去割芦苇，从冰面上拖回去，在冰上留下一道道白色的印子。

转过年来，我还沉浸在春水荡漾的日子里，不想，夏天很快就到了。那个夏天，水出奇的少，将水下的水草地大片地露出来。孩子们要到联中去读六年级了。毕业照我们是去水草地上拍的。那个下午，尽管已经很晚了，阳光还很强，照得大家脸色绯红。等照片洗出来，才发现，大家都很激动的样子。

而在我，那一年，确实是我最沉醉的一年。

/ 莲花池

　　在小城里第二次搬家，我一意孤行地选了莲花池。

　　第一次从老家出来，我住的地方在城北。当时仓促，主要贪图离妻子的单位近，方便。不料，住了一段时间，才感觉到一种绝望。这个地方虽然也是城里，却紧靠水泥厂，每天天女散花般的烟尘铺天盖地，让人痛苦不堪，门窗不敢开，洗好的衣服，只要挂出去，等晒干了，一层厚厚的灰尘也敷满了。出入更是尴尬，路都被大车轧坏了，没有路灯，坑洼不说，还常常存满积水，也不知道这些积水是从哪里来的。一气之下，决定搬家。

　　这次我直接就去了城南。那里果然是好地方，空气干净，人家娴静，连说话都是慢声慢语的。接近南环时，忽然发现庄稼地里，有漆得粉白的栏杆，圈起了一块地，里面有高高的风向标，正随风摇摆，原来是气象局的测试仪。心下大喜，一下子就喜欢上了这个透着恬静和田园之美的地方。问了，才知道这里属于莲花池。这名字真好，灵气扑面，透着喜气。就专心寻找，果然找到了一家，在路边，大院幽深，进门居然看到迎门墙边植满了高大的月季、香椿和棕榈，棕榈这东西在我们这里很少见，更喜人的，是院子里还有十几畦子蔬菜，高高低低的枝叶繁茂，香气扑鼻。开门的老人说，她就在东邻，儿子一家去了新家，房子闲着，就出租。房子有四间，全部出厦，挂瓷砖，高大、干净。我一家三口，就租了两间，价格六十，我捡了宝贝一样，第二天就搬了进去。

那段时间，我外出学习回家，新单位尚未确定，心绪烦乱，好在有足够的闲暇时间，就索性待在家里写东西，过起了自由撰稿人的日子。新家的窗子巨大，几乎占满了整面南墙，采光太足，我白天看书，需要将窗帘拉上，淡黄色的窗帘让书上的文字有了奇异的效果，我心情甚好，写东西就出奇地快。写累了，就带着三岁的儿子出门，到气象局的测试仪那里，看庄稼、讲故事、捉蚂蚱、拔香草、玩游戏，儿子快活得像只撒欢的小狗。

日子久了，就想，这莲花池不能白白担了这个美妙的名字，肯定真有个池子藏在哪里呢！跟房东老人打听了，老人爱说，告诉我，莲花池早先是有的，后来被慢慢地挤了，越来越小，现在成了一条河的一部分，就在东面，往东去过两条巷子就是，那条河里，还有莲花的。我立即大喜，带了儿子找过去。

果然有。很新的一条河，竟然是活水。东西向的河面上，零星地起伏着一些莲花和荷叶，想是原来莲花池里的藕，这些年被人淡忘，遗留下来的。那荷花因为在河中间，顽皮孩子们够不到，就开得巨大而饱满，尚未开放的，粉红的花尖就像饱满的圆锥一样；开放的，则围着莲房，吐出嫩黄的花蕊须子。小风吹来，可以嗅到清冽的香气。那河两岸，还都是庄稼地，玉米、棉花、大豆，甚至有少许的高粱，在庄稼地里高高地挺立着，那玉米地里，勤劳点的，还串种了豆角，长长地挂下来，显得娇嫩无比。另外还有的棉花地里，串种了溜子——一种秸秆比高粱细、穗子比高粱稀疏且发黑的植物，它的粒子比高粱小，只能给牲口吃，种它的目的，主要是将穗子在硬物上抽打空了做笤帚或者炊帚。我边给儿子讲这些东西，边带他顺了河，一直向东——我想看看它到底去了哪里。

我们越来越远离城市，穿行于庄稼地之间。夏末的庄稼正在集中精力灌浆充实，叶子都绿得发黑。尤其这里靠了河水，水灌得及时，秸秆都出奇的粗壮，甚至彪悍，看着骇人——居然可以长成这样。也许这里正在被征发，在庄稼地中间，有一块地方空了下来，已经翻耕过的地上长满了青草，有几群羊在里面四处游荡，牧羊人都是老人，聚在一起闲聊、抽烟，手里竖着长长的大鞭，有羊淘气了，去吃空地外面的庄稼，就站起来，长长地吆喝一声，将长鞭甩圆了，在空中响亮地击打出声音，那些羊，就赶紧乖乖地退回来。我们去空地上，发现只要一进青草丛，大大小小的蚂蚱和蛐蛐就四散飞奔，有些甚至慌不择路，直往人身上撞，力气大的，干脆一个跟头，就翻到人脸上来，落到衣服上、头发上。儿子欢欣鼓舞，四处捕捉。临走的时候，我给儿子拔了一根粗壮的水草蔓儿，将捉住的体形肥硕的蚂蚱穿上去，长长的一串。

出去将近二里地，竟然到了一处变电所。变电所掩在绿树怀抱里，只看见高大的设备和楼宇的飞檐，还有信号塔，立在楼顶上。让人意想不到的，是变电所北侧，竟然是一处开阔的水湾，水面有两三个变电所那么大，中间留下了几个土丘，我怀疑这是变电所修建时取土形成的洼地。有七八个孩子光着屁股，在水湾边上嬉水，他们远远地欢叫着，扎猛子、狗刨、打水仗，把水湾折腾得沸反盈天。儿子也要下水，我好歹哄了，答应等他四五岁的时候再带他去玩。

那天，我们乐陶陶地回家，心情好得如同乍开的莲花。回家后，在儿子的欢叫声中，将蚂蚱小心地收拾好，在油锅里过油炸了，他吃得心满意足。

我开始惦记这个细长的莲花池了。很多个黄昏，我带了儿子，或者独自去河边静坐，发呆，杂乱地想些事情。河面上的荷花越开越大，水汽蒸腾，有小鸟来水边鸣叫，然后从草丛里箭一般一掠而过；有小鱼甩了尾巴，一个跟头翻上来，"啪"的一声，打破了周围的宁静，然后迅速静寂，只留下一圈圈的涟漪。偶尔也有青蛙，咕呱鸣叫，然后听见"扑通"一声，钻进了水里。抬头望望，在不算遥远的地方，有人家的炊烟升起来，散开，在庄稼上空云集，将庄稼遮掩得如在云雾之中。空气里有潮湿的水草的气息，也有庄稼们浓重的黏甜的味道。这里的宁静，似乎是被空气过滤过的，被水汽蒸发过的，纯粹、干净、幽雅。植物们和虫子们的声音和气息，更增加了这种宁静的深度和宽度。面对河水和莲花，多数时候，我杂乱的想法渐渐梳理清楚，头脑清澈如这盛开着荷花的河水，我克制着一种诉说的激动，悄悄回家，变成落到纸上的文字。

过了些日子，我们这个院子里又搬来一对新婚的夫妇。丈夫小姜在铁路上工作，他的妻子很活泼，沉浸于幸福之中，虽然一说话就脸红，却非常爱说，也喜欢孩子，我儿子常常成了他们两口子的宠物。在院子东墙上，留着一道小门，房东大娘时常过来伺候那些乖巧的蔬菜，落地的韭菜、白菜、香菜、辣椒、茄子、大葱，靠墙起架的扁豆、豆角、丝瓜、黄瓜、蛇豆、瓠子、西葫芦，甚至还有葡萄、杏树、石榴，整个院子里，应时菜蔬，各式各样，一应俱全。院子里打了一口压水井，水甜甘冽，我们就帮她给菜浇水，她让我们随便摘了吃，我们不好意思，她就动手摘了让儿子抱了，两个屋子里送。三岁的儿子尚在学话中，说不利索但滔滔不绝，喜欢自言自语。现在乐得这个奶奶那么稀罕他，就奶声奶气地跟在后面，可笑而认真地问些稀奇古怪的问题，奶奶就细声细气地耐心回答，我们在屋子里都听得窃笑不已：

——奶奶，则（这）四（是）么玩印（意）？

——这不是么玩印，是茄子，炒菜可香了。

——哦。则个呢？则四么玩印？

——这也不是么玩印，是石榴，等熟透了就给你留着，甜着呢。

——哦。比当（糖）还甜吗？

——甜。甜。甜得要掉牙呢！

——掉牙还长，四吧？

——是呀，还长，听话就长，又长出个小馋牙。

……

我留的地址就大娘家的门牌号，稿费来了，大娘就很惊讶，对我们呵护更加上心，像我们慈祥的老母亲。而我儿子常常玩失踪，去找了，不是在小姜家满桌子吃菜，就是跑到大娘家吃包子，满脸是馅。我们很不好意思，他们却高兴得很。儿子成了他们，尤其是大娘家的常客，大娘的儿子儿媳、孙子孙女，也喜欢这个说话咬舌发音不利索的小家伙。我很过意不去，幸亏大娘的孙女好学，知道我写东西，就过来问些初中的问题，我就借机尽力辅导，让自己内疚的心情稍微平息一点。

那段甜蜜的日子，像院子里压水井的水，甜蜜甘冽得透彻心腹。我给远方的朋友写信，喜欢最后落款上写上"于莲花池"。朋友就羡慕得不行，回信里说一定有空来看看。我愈发得意，顺便介绍这个莲花池的好处和人情的温馨、热情和甜蜜。我们相处得如一家人，一辈子都不想搬走了。

莲花池的水是活水，春秋流淌，煞是撩人。我就禁不住写了《家住莲花池》，发到珠海的一家报纸上。有朋友读到，来信说是世外桃源，算我艳福不浅，这属于可遇不可求的佳境，当倍加珍惜。我心下甚是认同。后来的岁月和经历，都点点滴滴地印证了这个结论。虽然一个小城住着，但我遇到过翻脸不认人的房东，也遇到过有两张脸皮瞬间能转换自如的房东，遭遇过被栽赃被陷害的绝望和痛苦。但是，来自莲花池的美好经历，却一直记忆犹新，且愈来愈清晰，让我回味无穷，甚至扼腕叹息：为什么没有在莲花池一直住下去？最好一辈子。

/ 卧剥莲蓬听秋声

　　秋声在未关严的窗户缝隙里呜儿呜儿作响，细风已经有了硬度，吹到脸上身上有了凉的感觉。看书上的句子：最喜小儿无赖，溪头卧剥莲蓬。心头一跳，遥想现在的莲蓬，尚在池塘里支棱着，莲蓬子估计已经成熟且甚是香甜了。

　　于是记忆就这样打开了一方阔大的荷塘，密密麻麻层层叠叠的荷叶遮蔽了水面。荷叶高挑，翠绿的颜色已经斑驳，那些常来的蜻蜓、靛蓝的水鸟早就稀疏了挂念，走得无影无踪，薄情的人就是这样靠不住。寥落的心情还在寥落，看水里的影子也已经斑驳，时光的打击开始显现。但是，莲蓬，翠绿已经变成乌黑的莲蓬，却在内心充满甜蜜的酝酿。高挑的枝子上，是乌黑的莲蓬房子，里面是甜蜜的琼浆。

　　带刺的荷秆，因为密密麻麻的抵制，保存了最后一点收获。一生没有张扬过的生命，在最后时刻打点行装，仍然是乌黑的行头。只有内行人和过来人才知道，这样的莲蓬才是佳品——翠绿的往往是奶腥气十足的，类似于刚刚长成的花生，因为水气太重而难以下口。乡间的莲蓬，大人们几乎是很难有幸弄到的，孩童看见乌黑的莲蓬，往往惦记再三，最终要找机会用竹竿绑上镰刀，悄悄尽量靠近，远远地将莲蓬钩下来。大大的黑莲蓬，露出一个个黑圆洞，里面都有一个小黑点，宛如一个小家伙在用黑溜溜的眼睛朝外张望。找个没人的地方，把莲蓬费劲地用镰刀剖开，可以看见一个个圆溜溜的莲蓬子已经变得坚硬起来，打开它的"房子"很吃力，有时候需要借助斧头或者镰刀，小心地剥开，就是一枚枚乌黑的莲蓬子——其乌黑如大个的豌豆，但坚硬、圆滑，颇有分量——此时还不能吃，需将莲蓬子外壳打开，把两瓣莲蓬子中间的碧绿的嫩芽撕掉，嫩芽好看，但苦涩难当，根本不能下咽，更糟糕的是，无意中吃了这个绿芽，整个莲蓬子就糟蹋了——很久都回不过味儿来。

　　品莲蓬之美，还在于听秋声在耳：灿烂和萧条齐在，清爽与淡雅共存。静下来于秋风中剥莲蓬，可以享受莲蓬之美味与秋声之悠闲，其时，常常天高而远，瓦蓝清澈，白云俱飘扬分散成丝缕状，若有若无，忽聚还散……白云与莲蓬，远的无限其远，近的可深藏不露，慢慢回味再三，只能叹一句：妙不可言。品味之余，看天看地，看自己，看远处的天空大雁南飞，看枝头的黄叶零落翩跹，如在荒野中看了一场黑白片，遥远的回忆瞬间到来，又转眼摇走，远近的镜头变换着从前和现在的时光，恍惚一个镜头，能让人呆呆地半天回不来，犹如在口中回味的莲蓬。

剥吃莲蓬，在池塘边上尤其独具风味，水塘里荷叶飘摇，微风阵阵，水汽与荷香弥漫，伴随着水草的腥甜，水边棒槌草、茅草枝叶为风所动，呜呜之声犹如铁丝抽动，令人震颤。其时品味坚硬的莲蓬，越品越有味，齿颊留香是小事，勾起馋虫而不能过瘾，却不是好玩的——经过孩子们地毯式的搜索耙梳，大人们是很难找到幸存者的。

莲蓬在池塘边上卧剥，虽然极尽悠闲，吃起来却难免意犹未尽。乡间勇敢且会过日子的孩子，只要能耐住并尽量巧妙绕过荷秆上尖刺的扎划，敢涉水到中间地带，就可以得到荷塘里的大量莲蓬。而他们最喜欢的解馋法子，是仅拣小些的吃几粒，过个嘴瘾，却将最大最好的全部拿回家，深藏到草堆里捂严实。耐住性子，直等到冬日大雪纷飞，才淡定地取出，于铁锅中爆炒，全家人围炉而坐，听着大人们的夸赞，噼啪爆炒的莲子跳荡不断，然后，一个伸手，把一枚枚滚烫的莲子在手上倒来倒去，秋声化作香气不断弥漫，更兼慢慢剥吃，其香、脆、甜，可回味数日不尽。甚至，经年之后……

比如……

现在的我。

故里风物

平原最是惹人乡愁处，举目四望，满眼皆是：大到天空大地，村庄河流，一年四季与二十四节气，小到一草一木，飞鸟虫豸，甚至一缕炊烟、一朵白云、一滴雨水……均可『风物小桃源』，别有洞天。几十年后看回去，端的是：平原闲美，风月无边。

/ 大地上的村庄

　　站在大地上的任意一点闭上眼睛，随意向任何一个方向一直走下去，总会有一个村庄在那儿等着你——这就是平原，坦荡如砥、开阔辽远的平原。他们一律上百年或者上千年的岁数，可你看不出他们有半点老态龙钟的样子，相反，他们不是飞檐红瓦、绿树雪墙，就是小桥流水、鸡鸣犬吠。许多院门上还贴着半红的门联儿，印证着那种鞭炮齐鸣的喜气儿还在。

　　他们还有说不完的故事。

　　从前的，现在的，传奇的，鬼怪的，不计其数。去问村里岁数最大的人，他最为详尽的讲述也显得有些支离破碎，一知半解。

　　一个村庄有一个名字，简单洗练得一语道破。但你想将他一览无余是办不到的，你的努力只会像一种拆解，越拆越多，越拆越多，最终让你失去信心。

如果村庄是一棵大树，那一个人就只能是他的一片叶子，几十年的人生只是一个春夏，今年落下去，明年再长出来的就肯定不是你了。

即使如此，数百口甚至上千人的村庄，扶老携幼的村庄，前赴后继的村庄，你却看不到一点不堪重负、步履凌乱的影子和迹象。他总是有序地归置好一切。像一只母鸡尽力伸开翅膀保护好它的每一只鸡崽。人行千里最后惦记的仍是落叶归根。从出生那天起，这个村庄就成了这个人最安全的地方，回不到这里，就算灵魂飘在空中，飘在金碧辉煌的宫殿上空，他也会感到痛心，一生最大的心痛。

所以，村庄是轻易不会挪动地方的，他知道那些随风而去的人早晚要回来，为了不让他们回来扑空，他总是原封不动地略微修饰一下自己的形象，好让回来的人即使半夜摸黑回来，也能摸回家，摸到他们熟悉的炊烟、小路和浓浓的从小闻惯的气息。摸到自己因激动而不可收拾的心跳。

村庄的路不在地上，他总是不断地向高处走去，在不可知的高处，他知道一切，包容一切。许多人，或者说一代一代人跟着他向高处去。他们到底走到了哪里，看到了什么？

因为没有一个人回来，所以我们一概不知。但是肯定，在那个不可知的高处，还有一个与我们的村庄一样的地方，他秉承了村庄里一切美好的向往，吸引着一代又一代人的目光。

因此，一个村庄是不可战胜的。你可以冲垮一段泥墙，卷走一片屋顶，拔掉几棵大树，就是没法像抹掉雪地上的脚印一样抹掉一个村庄。走了的人再回来，修好院墙，植上几排小树，养几只鸡，喂一只小狗，村庄就会还是原来的村庄。

只要有人，一个村庄就有了无穷的生机和活力。

一个村庄总是记满了人的故事。这些大树的叶子，让村庄一年年丰满充实，直至果实累累。

我一直喜欢翻看地图，尤其是市县一级的地图，上面密密麻麻全都是村庄的名字。那些饱蓄故事的名字真是千奇百怪，有的直接，有的随意，有的雅致，有的机智，有的名字本身就隐含着一段美好的传说，或者是一个典故。他们偶尔也会有重名的，但也只是说明当初的命名者英雄所见略同。不过最根本的，是每个村庄，都有自己难以言传的体香。不必去特意寻找什么证据，你只要细心留意那些鸟，那些成千上万的鸟，那些有名无名的鸟，那些南来北往迁徙数千里的鸟，第二年从南方回来，总能从成千上万的村庄中毫不费力地找到它们去年的故乡，甚至将巢筑在分毫不差的旧房檐下，老枝杈上。就算相邻不远的两个村庄如何相似，甚至于名字也一样，它们也不会出现半点差错。

我六岁那年，带着三岁的弟弟第一次出门"远行"——去几里外的姥姥家。中途回头遥望我的村庄，竟是那么温暖、亲切，它比别的村子更让我有一种安全感。到八岁的时候，我就可以偷偷带着小弟兄们去十几里以外的县城赶集。我说这些，是说我的小村子不但给我安全感，也培养了我的自信心。但是现在，我的儿子，马上要八岁的儿子，在县城里住着却连穿越马路都会令人提心吊胆，更别说他一个人会到县城内的集市上去赶集了。我在小时候，对村里的一草一木、一砖一瓦都熟悉到了了如指掌的地步，甚至对各家的大人小孩、他们的远近亲戚、他们家的鸡鸭牛狗等的脾气都了然于胸。

村庄是大家的，在这里，我的村庄就是我的世界，在这个世界里，每个人都是主人，他永远不会有陌生感，不会孤立无援。就算他是个孤儿，他也不会手足无措，拘谨害怕。"吃百家饭，穿百家衣"一样让他快快乐乐地生活，一天天长大成人。

就像每个人一样，每个村庄也有一张自己的脸——那是一张让村里人倍感亲切的脸，他表情丰富，不愠不怒，从不摆出一种脸色给人看，村人也不会摆出一种虚伪的脸色行事，从来也没人有这种想法。

因此，无论是浪子还是骄子，村庄都会平等对待，恶人和伟人都一样有自己的籍贯。这也符合一棵大树的性格：他不会因为一片叶子长得阔大无比或者扭曲变形就给他另外的脸色和待遇。一个人的一生，就是那么简短的一个春秋，太短暂了，眨眼间就会风吹叶落，保护都来不及，又哪里忍心去苛责呢？

因此，一个村庄就几近于佛，"大肚能容，容天下难容之事"。而佛从神事。如果村庄不是隐居民间的神，他怎会数百年甚至上千年仍然不见苍老呢？

岂止是不见苍老，那简直应该算得上返老还童、返璞归真的。

/ 村子里的风

村子里的风白天不喜欢进村，就像人晚上不喜欢出门一样。偶尔有来的，你刚刚感到身上有点凉丝丝的意思，惊喜得要叫出声来，可是马上又没了。它就像一只不好意思的小狗，进了门歪着头看看你，你刚要惊喜地叫住它，可它还以为你要责备它，马上很害羞地退了回去。所以，在夏天中午的村子里，你总是觉得闷，喘不过气来，劳累困顿的人实在坚持不住了，就趴在凉席上眯一觉，醒来满身是汗。能坚持的人决不会在屋子里待着，有经验的人知道去哪里找那些睡懒觉的风。

它们都在村外。

几乎所有人都知道它们在村外的大槐树上埋伏着，树上树下都藏满了风。你在中午最热的时候去那里，静静地躺在一张凉席上，不说话也别乱动，就可以听到风的呼噜——小呼噜。你装着睡着了，有睡不着的风就出来和你亲热，凉丝丝的，在身上跑来跑去，实在困顿了，就依着你睡着了。跟大冬天你抱着一只毛茸茸的绵羊一样，你在大槐树下睡一觉，醒来身上保管没有臭汗，也没有燥热，舒服着呢。

还有人知道，其实并不是所有的风都在大槐树那儿藏着，藏风的地方多了去了，比如村南的小桥边上，那里靠着一片小树林，小树林又靠着一大片芦苇地，这些地方藏着的小风也不少，不光藏小风，也藏着野兔、黄鼬、刺猬。有一年还有人看到一只火红的狐狸从里面跑出来，拖着长长的红尾巴，非常漂亮潇洒地从不远处跑过去——那好像不是在跑，而是在散步，很悠闲地散步。有个孩子刚刚听完大人讲的狐狸变鬼的故事，正在瞎琢磨着，忽然就看到了这只漂亮的红狐狸，立刻尖叫起来，睡着的大人们马上醒来，结果只看到一条火红的尾巴，人们觉也不睡了，马上行动起来，四处围追堵截，忙了一大晌午，连个狐狸毛也没看见。这几个人一心想弄到这个罕见的狐狸皮，商量好了谁也不告诉，坚持每天来这里睡晌午觉。结果，一个夏天一个晌午觉也没有睡成，狐狸也没有再露过面。他们晚上在芦苇地和小树林里下过夹子，也没有收获。但是他们都不灰心，一直坚持在这里乘凉，心里和梦里都是红狐狸的影子，每天心里都甜丝丝的，让村里其他人都感到奇怪。但是他们都不说，只说晌午睡得好。

大风小风都在村外的树林里歇着，白天轻易不串门，但是太阳一下山，它们就来了，到各家各户串门，在胡同里飞一样快跑，撒欢，比巷子里的狗还欢实。

夏天的晚上，一般人家都不大关屋门，把角门闩好，就把两扇屋门打开，然后安静地躺在床上，等着白天已经睡足觉的风成群结队地到来。人们都在心里默念着"来了来了"。后来就自己坚持不住，先睡着了。其实小风们早都来了，它们从墙头上一跳就滑过来了，一点声音也没有，它们进了院子，并不忙着去屋子里转悠，它们首先想去的地方就是那些院子里的枣树、梧桐树、杏树……它们天生喜欢树，到哪里都喜欢到树上溜达一会儿，尽情地享受一番，然后再跳下树，到各个角落里走走，看看有没有什么新鲜的东西可以让它们感到好奇。什么也没有，它们就开始进屋子了。

人们这个时候差不多都要睡了。正在有一搭没一搭地扇着扇子，忽然感到了凉意，马上一阵惊喜，大声说"来了来了"，也没了困意……果然，小风们好像排着队来了，凉意一阵接着一阵，凡是留着一条小缝的地方，都是小风喜欢逗留的地方，它们像所有的小孩子一样，喜欢在那里转过来转过去，跟打秋千一样地来回出入，这样它们就能发出比大风更大的声音，它们很陶醉于这种游戏。所以，在这样的时候发出很大声音的，一般都是那些很小的风。有经验的人也很沉得住气，它们知道，小风来了，它们的爹娘也快来了，慢慢等，就可以等到那些让人痛快的风了。

经验很快就起作用了。整个村子降温很快。人们终于坚持不住，陆续睡去。大风小风们在村子里转悠够了，天也快亮了。它们很快就收拾东西撤退了。

在村子里住着，都会逐渐地知道这些，知道到哪里去找自己想要的风，到哪里去享受那些美妙的东西。耐心是主要的，好多东西都需要耐心地等待才能等来。没有耐心的人，通常都要吃够了苦头才能知道这一点。这是经验，而经验，需要很长时间才能得到。这并不比种地养牲口更容易。

/ 露水闪

好多次，我在半夜从睡梦中惊醒，睡梦里我觉得窗外在打闪，但是醒来看看窗外的天空，没有，什么也没有。外面的天空有时候是黑乎乎的一片，有时候是明亮的一片，就是没有闪电，也看不出有阴天的样子。但是我分明是在梦中看到了闪电，就在窗子外面闪。我静静地想，完全清醒过来以后，我知道，我又梦到了那湿漉漉的露水，肯定，我又梦到了露水闪，对，肯定是的，那咔咔作响的湿漉漉的露水闪，它们一直闪在我的记忆中。

这些年，我总是梦到露水闪。露水闪闪在我的记忆里，如同我难以忘怀的一段初恋，总是在梦境里不期而至。

我记忆中的老家，就是露水闪咔咔作响的老家，它湿漉漉地打湿我的梦境，让我常常在半夜里回到从前，回到从前的露水闪闪耀的黄昏和午夜。

几乎整个夏天和秋天，只要白天湿热，露水闪总会在晚上不停地闪耀，它照亮了我从前的那些阴暗的日子，美好的心情都和它有关。

露水闪……露水闪……我轻轻地念叨着这三个清脆的音节，眼前就远远地浮现出：老家所有的树梢上，淋漓尽致地闪耀的露水闪，此起彼伏，接连不断……

……黄昏不可避免地到来了。回家的羊都晃着大肚子，在小路上一走三晃，小主人并不着急，他跟在三五只羊后面，边走边玩，不是甩着手里的小鞭子抽打树叶，就是把一棵草给拦腰抽断了，一只小山羊跑过去，叼着被抽下来的草撒腿就跑，还兀自扭着身子跳了两三个高，把小主人给乐得哈哈大笑。羊们都不害怕，知道是小主人在后面撒疯，回到家再这样，是要挨骂的。出外吃草的牛也吃饱了，现在边走边倒嚼，嘴角的白沫好像很香甜，看它们那么享受的样子，让人觉得做一头牛是很幸福的事情。

夕阳西下，阳光已经没有了白天的干燥和炽热，西天上红白相间的云彩纵横南北，如同一幅巨大的水彩泼墨，看得人胸襟开阔，心旷神怡。但是地里劳作的人现在还不回家，他们都是在抓紧时间多忙活一点，偶尔直起腰看看远处的村子。风还没有，没有风的村子很静。他们是在看村子的炊烟。炊烟从烟囱里冒出来，因为没有风，就在树梢上缠绕锦缎一样，长长地围在房屋顶上，远远地从地里看去，好像是一条云带在飘荡着，定格了一样。地里忙着活的人看看自家的房子顶上有了云带，就知道家里的饭开始做了，如果房子顶上的云带逐渐稀薄，好像一笔涩墨撩到了尾端，越来越涩，越来越少，就知道应该回家了，要不，孩子们要来地里找了。于是，就高声呼唤正在忙着的地邻，大家彼此应答着，从各自的地里走出来，到一条小路上汇齐，向着云带缭绕的村子走去。

一天劳累的结束，标志着舒服在这个时候才刚刚开始。在路上懒散地走着，手脚散漫、舒展，悠悠达达，随意安放，好心情就像打开的啤酒瓶，雪白的泡沫呼呼地向外溢出，一波又一波地冒出来……看天看地看云彩，一个人就恣得不行。

而更好的享受，还在后面。

这个时候，西天上已经没了阳光的影子，所有的云天上的颜色已经转换成纯粹的大泼墨。重重的一笔泼在天上，气贯长虹的架势。凉风若有若无地掠过，回家的人身上的汗水已经开始消失，心情逐渐变得轻松、开阔。

天边的闪就是在这种不经意的时候骤然亮起的。一道道轻轻的闪电，在远处的树梢上此起彼伏，淡淡的，一闪即逝。走路的人只是在低头或者眨眼的那一刻，忽然觉得眼前闪了一道亮光——仅仅是一闪，似乎是人的意识或者是错觉，因为随后连一点影子也找不到——等稍微留意一下，接下来的事实让人相信，的确是有闪电在远远的天边稍纵即逝，隐约的、没有声音的、断续的、长短不一的闪电，像过年时看到的很远的地方在闪光，那是有人在放爆竹。没有经验的人，会被这些闪电吓一跳，以为要下雨了。有经验的人知道，这些闪电，就是露水闪。

白天的湿热和暴晒，常常让那些蒸气从远处看起来如同一列列飞奔的火车，在庄稼地和树林边上持续不断地奔走。而到夜晚降临，它们又开始返回地面。晚饭时间，几乎家家都在院子里吃饭。吃饭的时候，露水闪就在闷热的天空里闪耀，我们的心情也跟着这些湿漉漉的光芒清爽起来，明亮起来，白天的劳累疲惫和厌倦，也像身上的汗水一样渐渐散去。

露水闪的闪耀不是耀眼的，而是温柔的、寂静的，像一个自己暗地里偷偷喜欢的少女，用明亮的眼神远远地看你一眼，再看一眼，那淡淡的一瞥，就让你心潮激荡，久久回味无穷。

我在乡间的那些日子里，几乎伴着露水闪做过各种活计。这样的夜晚，宁静，凉爽，做活计不会感到疲惫，也不会全身黏汗频出，让人焦躁不安，痛不欲生。我在露水闪的闪耀里，割过麦子，看过麦场，掰过玉米，扒过玉米苞，浇过菜地，也写过感动自己的句子……在忙碌着的间隙里，我常呆呆地望着远处浓黑的夜幕上忽然闪过的露水闪，觉得这样的露水闪真的像冰棒一样的解渴，像一段美好的往事一样让人留恋。

　　那一段时间，也是我最苦闷的时候，说不出的烦闷和厌倦，感到很多事情几乎没有希望和结果。但是，白天还感到绝望的事情，到晚上在露水闪下想想，又觉得充满了生机和活力。也因此，我几乎都是白天控制着自己什么也不想，到晚上的时候，放开自己的思路，把很多事情想得美妙而动人。我常常这样认为，我之所以一直在坚持着，和露水闪的闪耀有很大的关系，它像一个醒着的梦，持续不断地延续了我的梦想，把我一次又一次引入一个美妙的境地，让我总是看到想象中美妙的结局，让我展开了飞翔的翅膀，从白天艰难的疲惫里飞离，在时光之上，找到属于自己的空间。也正是这样近乎白日梦的想象，让我度过了那段最为晦涩的日子。

　　露水闪在夏末秋初的乡间，几乎是每天都可见的，对于别人，也许没有像我这样的记忆深刻。我看到村子里的人都是在无意中看看天边，然后随便地说声：瞧瞧这露水闪闪的，跟下雨打闪一样。他们对于很多美好的东西总是这样，很随便，很平淡，好像它们和身边随处可见的柴火和荒草一样。虽然他们也喜欢露水闪在天空的闪烁，他们的喜欢，也似乎仅仅是停留在这样的时刻——干活的时候，全身很舒服。

露水闪就这样不经意地留在我的记忆里。检点以往的岁月，它成为我对亲人们深情回忆的背景，湿漉漉的感觉总是接连不断地出现。在我的梦境里，四外总是黑沉沉的夜色，在深重的夜幕下，此起彼伏的露水闪，持续的、连绵的闪耀，一瞬间照亮了黑暗中亲人们亲切的脸，还有我从前的岁月和往事。

/ 植物们

菇荻

我们一直视菇荻（这个词如此生造出来，只是想配得上它的美妙和美味）为小时候春天里最美的零食。

春天了，小南风从村南的墁地里懒洋洋地吹过来，一股一股的风，分批吹过来，芦苇地里的茅草就开始钻芽了，尖尖地在茅草丛里探头探脑，性子急的就一夜之间长出一大块，青绿色的身子高高地挺立着，在时断时续的小南风里招摇。

它们快活着呢，我们更快活。

小孩子们就都禁不住嘴馋，三五成群地去那里寻找。

我们这里的大人小孩，都叫它们"菇荻"，听来，有亲戚的味道，回娘家的姑姑的味道——鲜嫩嫩的，可口着呢。用手捏住菇荻的根端，憋住气慢慢用力往上提，力气小了提不出来，力气大了就断了。这样的劳作是一种难以言传的快感。提（dí）菇荻是我们整个春天里乐此不疲的游戏，整整一个上午，我们都没有不耐烦的意思，不单如此，还时时提醒自己：要抓紧，否则，一夜之间，这些菇荻就老了，接着就迎着春风吐穗了，那样，菇荻就不能吃只能看穗子玩了，这样的结果不是我们想要的。

菇荻其实就是茅草穗子的幼芽，刚刚冒出来的时候，都嫩嫩的、雪白的，吃到嘴里是绵软的、甜丝丝的，要化了一样，后来吃棉花糖，也没有菇荻好吃。

提菇荻的时候，大家都忙着，舍不得吃，提断了，才"哎呀"一声，不甘心地顺手放到嘴里解馋，完整的，则直接放进口袋里，以备回家随便吃——跟人说着话，或者在大路上玩，做着游戏，都可以抓一根，撕掉外皮，把穗芽放进嘴里，慢慢地吮吃，香甜，可口，看得没得吃的人直流口水。

现在小孩子都有吃不完的零食，估计吃菇荻的人不多了，当然，提菇荻的快乐，他们也体会不到了。

柳　笛

把柳树条子吹出声音来，是乡下孩子们的发明。

找一根顺溜的柳树条子，掰下来，用剪刀把有疙瘩疤瘌的地方剪掉，然后用手使劲地拧，外皮和柳树条子的木质就离了"骨"，根据自己的喜好，用剪刀长短不一地剪成段，用嘴使劲嘬一下"管口"，苦涩的味道很浓，轻轻地试试，就做成了可以吹出声音粗细高低不一的柳笛。

春天的声音很多，但是只有孩子们嘴上的柳笛是最动人的。村南村北柳笛的声音，响成一片，你吹我也吹，低沉的、高昂的、婉转的、尖细的，互相较劲比武，这是孩子们的快乐。

你想象不出，如果乡村里没了孩子们柳笛的声音，这个村子，该是多么的黯淡无色。

柳笛的声音到处响亮地鸣叫着，跟着刚刚飞回来的小鸟，在村子里回旋。小鸟们跟着也起劲地鸣叫，飞来飞去，像一群跳水的鱼，搅得大地到处都是此起彼伏的浏亮的声音。

如今回想起乡村，柳笛，是不可忽略的一段美好的插曲。

秫秸花

四月的风已经吹得烂漫，乡村四野里到处都是花草的影子。这个时候，村子里就略显单调。但村人们不知道是有心还是无意，几乎每家窗台下面、迎门墙下，都种上一两丛秫秸花，花团锦簇，开得蓬勃热烈，不光是为了好看，而是，这东西好活，在院子里长着，出来进去，有个鲜活劲，看着人心里亮堂。

小时候，村子里的人很少有人养花，一是没有时间，地里的活计都忙得团团转，哪有时间伺候这些娇小姐一样的鲜花？二是庄稼人心粗，伺候庄稼还行，伺候花就心有余而力不足，找不到门路。所以，那时候，你到村子里，根本见到不到什么盆花。但是，秫秸花是几乎家家都有的。

秫秸花高大，抱团，开出花来巨大鲜气，大的都有小碗那么大，花蕊一律挑出来，沾满了各色的花粉，蜜蜂、蝴蝶和各种小虫子都来凑热闹。一簇一丛秫秸花开了，什么样式的都有，什么颜色的都有，红的、紫红的、白色的，双层的、单层的……而且，它们都长得很快，壮实，不用人管就能见风就长，一个短短的春天，就能长到窗台那么高。女孩子们有胆子大的，就随手摘上一朵插到头发上，不顾爷娘老子冷嘲热讽，出来进去，鲜亮得步子都颤颤的。

秫秸花是村人们的叫法，至于城里人叫什么，没有人去考究。这个名字实在、朴实，叫着顺口，而且，跟庄稼人贴心，怎么叫都不如这个名字好听。所以，不知道从什么时候起，村子里某家喜欢多事的女主人家里种了秫秸花，结了籽，就被一家家地要去种了。事实上，秫秸花根本不用你用心地去"种"，它的籽落了秧，没有人管，第二年一开春，就钻出一簇芽子来，只要点上点水，甚至，你不管，下了几场雨，它们就冒出来了——一扑棱一大片。

整个春天，你都能看到家家冒出来的秫秸花，它们高大的时候，甚至，你在短墙外面都能看到，那些花，那么大，那么密，那么狂傲，那么嚣张，嗡嗡的蜜蜂飞过来，忙碌一阵，走的时候，浑身都沾满了花粉，在空中摇摇晃晃的，看起来十分吃力。有老人就拿这个教训贪吃的小孩子：看看，没出息！贪吃是没有好结果的。小孩子就惊恐地注意着这些在空中摇晃的小东西，当然也有心不在焉的，正在盼着它们一个跟头栽下来，抓住了，撕掉螯针，可以偷偷吃它们的蜜——那甜，比供销社里的糖块甜多了，也有趣多了。

秫秸花要开整整一个春天，夏天要到的时候，它们的花逐渐落尽，黑色的一盘籽就成型了，一圈圈都是籽，花苞紧紧地包着，使劲撕开，可以看到它们围成一圈圈，像排排坐吃果果的娃娃。单独抠出一片，这一片中间的小疙瘩，就是籽了。小时候偷着吃过，似乎没有什么特别的味道。

洋 姜

好吃好玩还好看的，在村子里要算是洋姜。

洋姜很少有种在院子里的。它们都高大挺拔，又密密麻麻，种在院子里太遮阴。所以，它们都是在村子的犄角旮旯里招摇。但它们不在乎，随便一个什么地方，只要见到阳光，有风能吹过去，就不管不顾地疯长，加上自己的自控能力差，长疯了被人们反复地指责，也没有不好意思的时候，每天都是抬脸看天，低头看脚，牛气烘烘的样子，好像这个世界就是它们自己的。

起初，洋姜并不被人们当回事，都是因为偶尔遇到有兴致的人，就从亲戚家弄来一两块，才逐渐在全村开始蔓延。这东西是块茎，跟土豆一样，春天一来，即使没有被人种到土里去，也忍不住要发芽，就像土豆上的芽子一样，沾土就长，完全一副没心没肺的样子。有兴致的人就用刀把洋姜的芽子切下来——只要有芽子就行，块子大小都无所谓，然后找不碍事的地方挖个小坑，塞上，点点水，就不管了。

庄稼人的老实实在在洋姜身上体现得最为充分。身子壮、命硬，皮实得见风喝凉水都蹿个子。它们一块芽子能蹿出一堆芽子，在春风里抖擞精神，一路飙升，你一个不注意，就膝盖高了；抹个身，转眼半人高了；接着到人肩膀高了；哎哟，一眨眼，把人都给没了。庄稼人看到，就笑：这东西，不给饭吃也这么长，要是人都这样，能省多少粮食呢？

洋姜不管这些嘴皮子，只顾昂着头长。它们似乎有个念头，要想出人头地，必须闭目塞听，才好集中精力。它们的叶子是细长的，这样好吸收足够的养分。它们从不长枝杈，一律直直地朝上蹿个子。到顶了，就开个小花做个样子——好像村里人，人家有的，自己不论多少好坏，都要有；人家没有的，自己也要有，这样就心安理得，有底气，日子过起来就理直气壮。

夏天洋姜最为茂盛的时候，简直是铺天盖地，村里到处都是一片片的，因为太密，大人一般是进不去的，能进去的是调皮的小孩子，喜欢打一枪换一个地方下蛋的母鸡，或者，是一些小猪、小山羊，挤进去捉个迷藏，乘个凉，探探究竟，满足自己的好奇心。

秋后洋姜几乎都是丰收，逐渐干枯的秆子类似向日葵的秆子，是孩子做长枪的好材料，抖个枪花什么的，很趁手，也很威风。但大人们只用它们烧火。等农闲了，主妇们就找个时间，或者派孩子们把洋姜挖出来。洋姜比姜外皮光滑，却一样长得里出外进，挤在一块互相碍手碍脚，主妇们把它们洗了，放进咸菜缸子里，放了盐，盖好，等到冬天，就是下饭的好咸菜。

新鲜的洋姜是土豆色的，等腌出来，就变成了黑色，轻轻掰开，却是白色的，清脆多汁，咸中有微微的甜，吃来甚是可口。村子里，时常见到孩子们一手掐块馒头，一手抓块洋姜咸菜，边走边吃，边吃边玩，甚是自在逍遥。

香 椿

村子里最受人待见的，就算娇贵而鲜气的香椿了。

村人们一向对庄稼以外的多数植物持放任自流的态度，偶尔去收拾一下，也多半随手而为，粗枝大叶得很，完全是爱长不长，听天由命。对香椿，却是少数的例外之一。

香椿都种在肥沃而稍高的地方，村人们不惜去专门挑水来浇灌。甚至，在院子里，也有不少香椿高高挺立着，成了这家主人的骄傲，几乎每年春天都要接受邻居和路人的羡慕和赞叹——那种幸福和满足，和庄稼被人夸赞是一样的哩。

香椿的娇贵，在于她们的疾"脏"如仇，肥皂水、刷锅的泔水等一切不干净的东西都不能沾边，一沾边她们就要绝食自尽，村人们说，那是被活活气死的。所以，村人们对任何事情都能粗枝大叶，独独在这一点上，不光自己注意，还反复地叮嘱孩子们，要格外小心，不要给香椿添堵，因为，如果一家的香椿被"气"死了，主人也是要被人背后嘲笑和议论的。

春风在村子里一冒头，香椿就开始扎芽，鼓鼓的枝节上都是。香椿的干一律是光滑的，布满白色的斑点，顶端上是一簇簇鲜嫩的枝芽，小风吹来，香气就跟着小风四处跑，有人闻到了，就说，香椿芽快能吃了。

等香椿芽终于可以吃的时候，主人就格外小心地用长长的竹竿绑上镰刀，把芽子割下来。因为香椿芽太鲜，所以，是村里人待客的一道美味，又因为不能放时间长了，所以，一般收下来都会送些给邻居，甚至，女人们要专门送给娘家、亲戚们尝尝。也因此，春天，只要村子里有上几棵香椿，就有无数的人能跟着尝鲜。

香椿芽的吃法很多，香椿芽炒鸡蛋是最鲜的一道美味，滚了面糊过油炸就是香椿鱼，直接切碎了拌上香油就是爽口的小咸菜。前两年，又学来一种新鲜的吃法，那就是将鲜香椿芽放进冰箱，冬天拿出来，还是新鲜的，而冬天吃香椿芽，更是一种绝鲜的美味。

婆婆丁

婆婆丁似乎出芽比较早。当春天开始烂漫的时候，婆婆丁就已经到处冒头了。几乎所有有绿色的地方，都能找到婆婆丁的影子。她们贴着地皮长，钻出芽来就开始向四面八方伸展叶子，好像我们去拔草，看见草好的地方，就疯狂地先圈出一块来——后来上学，才知道还有更凶猛的，叫跑马圈地——然后慢慢地享受。只是，婆婆丁这么占地方，究竟是为了什么呢？

乡村的婆婆丁，事实上就是城里人叫的蒲公英，但是这么一叫，亲切的味道就全没有了，所以，纵然我们从小学的课本上知道了她叫这个名字，也没有人这么叫。你想想，叫婆婆丁，多好，跟叫家里的亲人一样，再说，爹娘早就教育说，出门矮三辈，不吃亏。虽然我们向来不愿意在人前降辈分，觉得丢人，但在婆婆丁这里，却是毫不含糊地这么叫，不光没有人笑话，自己也觉得心里痒痒的，用大人们的话说，就是乐得尾巴根子乱摇。

出门拔草砍菜，是小孩子们最为头疼的事情，但那是在夏天。春天里，孩子们却愿意找个借口，背个草筐就成群结队地出门，到野地里转悠。春天的野地里地皮酥软，好玩的事情多如牛毛，有的地方一脚踩上去，就颤巍巍地乱晃悠，却不会陷下去，光了脚踩上去，跳来跳去如安了弹簧。有的地方则是绿茵茵一大片，各种各样的青草青菜都在使劲地拱出地皮，拣哪个都新鲜。这个时候，最惊人的当然就是婆婆丁了，远远地看过去，是"巨大"的一盘，有小碗那么大了，喜得心里就一跳——"乐得尾巴根子乱摇"这话我们都信，假如我们也有小狗那样的尾巴的话。飞快地跑过去，用镰刀小心地挖旁边的土，尽量挖深一点，婆婆丁的根晒干了可以卖钱，叶子，也是猪羊们最爱的宝贝。

春天再走深一点，婆婆丁的芽心部分就开始鼓鼓地冒出个疙瘩，这是以后的花盘，现在吃正是好时候。用手小心地抠下来，在衣服上擦擦，放进嘴里，娇嫩、清香，是不可多得的零食。

婆婆丁的叶子，回家可以清炒，凉拌，或者烙火烧。掺到玉米面饼子里，吃起来有春天的味道。

婆婆丁的花开了也可以吃，黄色的小花，像盘向日葵，一口吃下去，很牛气。这些花如果没有被我们吃到，就能快乐地招摇一个春天。叶子也没了春天的喜气劲儿。她们还有一景，就是秋天的时候飞絮子，风一吹，或者用嘴一吹，四处飞舞，跟开弹棉花的铺子一样，不过这个时候，我们已经不在乎她改名字了，叫蒲公英似乎更符合她飞絮子的本事，也很有诗意。

青青菜

乡村里论起最霸气的野菜，当是青青菜了。

青青菜长得甚是张狂，也招摇。沟头壕沿，垄间地头，到处都是。孩子们到地里去砍野菜，也都远离它，不是因为别的，主要是青青菜叶子的边缘都是锯齿一样的刺，被它扎上，或者划了，跟毛虫叮了一样，一天都不好受，而且，这东西，牛羊猪们都不喜欢吃。

但是乡间的孩子们对它敬畏有加。

到野地里去劳作，免不了要被镰刀砍到手，或者是身上被什么东西划破，那个时候，这青青菜就是最好的止血妙药。掐一片青青菜的叶子，小心地把叶子折叠起来，注意别让刺扎到手里，然后，团成一团，反复揉搓，青色的汁水就有了，再小心地把汁水挤到伤口上，保准你很快就止住了血，而且不用担心会发炎。

乡间随取随用的妙药，除了青青菜，还有干土，尤其是路上细沙一样的干土，也可以用来止血——几乎每个孩子，都会这一手——用手在土上画个十字，然后嘴里念叨：横一道，竖一道，中间抓起来是好药。接着，从十字中间捏一点干土敷到伤口上，就得了。但这么做，有点危险，那就是血可能冒出来，也可能会化脓发炎。用念过书的学生的话，就是不卫生，要感染。而且，砍草常常是到野地里去，干土不好找。而青青菜却到处都是，方便得很。大凡有经验的孩子，都是用青青菜，虽然，这也有危险，那刺扎到手上，要难受很长时间。

青青菜的招摇和霸道，在村人们看来是有道理的——一个有能耐的人，不霸道点似乎就不正常了——你不招惹青青菜，它也绝不会把刺扎到你手上。

苜 蓿

一场春雨，淅淅沥沥地轻轻走一遍，很多野物尚未反应过来，绿压压的苜蓿就突如其来，宛如一夜之间积聚起来的春水。这些嫩绿的苜蓿，都隐藏在去年割剩下的坚硬的苜蓿茬下面，散发着诱人的气息。

空气中苜蓿的气息传播很快，很多人都注意到了。看守苜蓿的人，时刻警惕着，而盯上苜蓿的人，总是有事没事都从旁边走上一次，眼角的余光，早就伸出无数次小手，把嫩绿的苜蓿叶子捋了无数遍。想象中，苜蓿已经摆上了饭桌，正在被一家人兴奋地大口吞咽。

本来乡下的野物，除了庄稼，一般都是随便人尝尝鲜的，没有人怪罪谁顺手拿点。但是，如果种的人是为了卖个高价，如果惦记上的人多，那么，就成了针尖对麦芒的敌视。看守苜蓿的人，看每个走过的人都是警惕的，戒备的，而被这样的目光注视，时间长了，似乎不去捋点，就对不住这样的目光似的。

于是，趁"老虎打盹"的时候，往往是小孩子或者是妇女，三五个结队趁晚饭时间前往。偷偷地从一边潜行绕着弯过去，弯腰、低头，尽量让自己贴地而行，冒着被发现被抓住的危险，手忙脚乱地往篮子里或者是口袋里捋苜蓿。

苜蓿的鲜嫩无与伦比，绿汁浓得赛过颜料，捋几把就染绿了手，一层层的绿叠加起来，就变成了黑绿。偷苜蓿的刺激和快乐，就在于既要提防被人看见追赶，又要提防不要被坚硬的苜蓿茬子扎了手。嫩绿的小苜蓿都在苜蓿茬子里面，要小心地绕过这些朝天的尖刺，把苜蓿芽成功地揪下来，于是，只听见唰唰唰的撕扯声和紧张的喘息声，苜蓿在小篮子里增加，让紧张的人心里逐渐感到熨帖。

贪得无厌是偷苜蓿者的大忌，连小孩子都知道适可而止，所以，看看差不多了，就一声招呼，然后疯狂地撤退。有时候是过路人的影子，或者是谁过分紧张，只要有一点异常，大家立刻"嗡"的一声，飞速散去。

一直以为，品尝苜蓿的愉悦是建立在偷苜蓿的紧张上的。轻松的品尝中，常常想到偷捋时的紧张，于是，吃得更加有滋味。果然，后来一个亲戚家种了，送来一些，却完全没有了当初的鲜美感觉。

顺便说一下，鲜嫩的苜蓿，吃法完全等同于春天任何嫩绿的植物，炒鸡蛋、包饺子、烙火烧都不错。但最为鲜美的，是调到玉米面里上锅蒸，熟后蘸蒜泥吃，家乡人叫"糠酟"，本来是缺少粮食的年代应付肚子的方法，不料，如今，却成了不少饭店里的所谓"特色菜"。

扁　豆

父亲是个有兴致的人，像往年一样，养了很多盆花，并把墙脚的砖翻了，点上丝瓜、扁豆，栽上葡萄。儿子跟着学，在花盆里种上了花生，浓绿的一丛。一个夏天，葡萄就遮了半个院子，丝瓜和扁豆更快，并且没有门户之见，到处蹿，邻居家的房顶上、墙头上到处都是厚厚的绿秧子。

母亲去世后，父亲就不爱说话，一句话不对，就大嗓门，发脾气一样，弄得我们不知道如何是好。我劝妻子："老小孩，小小孩，都是要人宠着的。"唯独儿子和父亲没大没小，看他们两个人亲密无间的样子，让我这个做儿子的，看着心里都眼热。

儿子中午在爷爷家吃饭。家里有什么好吃的，儿子一定要给爷爷留出来。他妈嫉妒得要命："整天爷爷爷爷，什么时候想着你妈啊？"儿子一本正经地说："我也没忘了你啊，老妈。"

有一回大雨，院子里的水排不及时，往屋子里灌了。幸亏当时儿子贪玩，住下了，爷孙俩忙了半夜，从此，一阴天，儿子就要给爷爷打电话。从爷爷那里回来，儿子最后一句话常常是："有事别忘了给我打电话。"甚至还当着父亲的面教训我："你是怎么当儿子的？也不想着你爸爸！"看着父亲笑得眯上了眼，我的尴尬变成了受用。

有天晚上儿子回家，拿来了扁豆，说是和爷爷从房顶上摘下来的。我感到很惭愧，两天没去，害得父亲要去爬房顶。儿子说不是，爷爷扶着梯子，他上去摘的。我拿起扁豆，闻到了浓郁的童年的气息。

炒了扁豆，我放开喉咙就吃了一大口，看两个人吃惊，就说，我从小就最爱吃扁豆，那时候咱老家院子里，都种满了，这扁豆看起来笨，闻起来涩，吃起来香，尤其是豆粒，那个香啊。

整个晚上，我满脑子都是老家和童年的味道，还有母亲的身影。后来在书房里，一时无所事事，泪水忽然流了下来。

/ 老槐树

很惭愧，我对音乐只知其然不知其所以然，否则我只要完全照搬老槐树的长势，就可以谱一曲老树圆舞曲，或者像"祝你生日快乐""叮叮当叮叮当铃儿响叮当"之类的经典曲段，因为那枝杈像极了五线谱，这些音乐在天空明目张胆地谱着，蝴蝶或者蜜蜂们的行动是否按着它们的节奏进行？而且这些旋律是否就像我们手机的振铃一样被蜜蜂们频繁地使用着？我不得而知，你们也不得而知。对大自然的事，我们几乎都无知到一穷二白的地步，虽然可以武断地指手画脚、品头论足而且自以为是。

老槐树就那么像任何一棵树那样站着，既不老态龙钟，也不昂首挺胸、意气风发，也就是说你看不出他的年龄，也看不出他的资历，他就是一棵树，几十年来一直是一棵树，仅此而已。他一直站着，不像一匹马或一只鸡那样站累了就换换脚，换换姿势，我是说他没有像常见的一些老树，空着树身偷工减料无官一身轻地、装模作样地增加神秘感，也没有歪起一个肩膀增加幽默感，更不会噘起嘴唇来磕磕巴巴发一通牢骚说一些昏话。老槐树看不出高也看不出大，他那么一棵树的样子，你注意不注意他都是一棵树。

老槐树的树杈有些规律，看起来就有了一番景致，他春天花团锦簇，夏天绿油油一片，秋天开始就叶子一片少过一片地瘦下去，最后有不少槐树豆子在枝杈上结着，很像一些音符，这都没什么新奇。新奇的是春天，槐树像别的树一样大团大团地爆开，香味是那种开胃的香，闻一下就从头顶直达四肢的清冽，开天目开心窍的香。这不光吸引得有翅子的昆虫们脚步趔趄醉儿晃荡，像蚂蚁这类徒步活动家也跃跃欲试，十几米的高度，肯定被蚂蚁们目测成海拔上千米。两只蚂蚁在半山腰相遇了，互相打打拍子，碰碰触角："老兄，怎么下来了？听说上面是云烟缭绕的天堂呢。""嗨，别提了，高处不胜香啊，没受不了的罪只有享不了的福，我这穷命，只好再回下面去歇歇再说吧。"这时候"铃儿响叮当"就响了——哈，向上的蚂蚁传呼机响了，是更上面的朋友在催他呢，于是匆匆而别，各奔前程。

蚂蚁们是否得过疟腮不得而知。但是许多小孩子因狂吞槐花而把腮帮子肿成馒头，只要看见腮帮子抹满黄乎乎的药膏且满眼羞怯的神情，那准是偷嘴没把门的出了丑了。不过，这挡不住他再看见槐花，旧病重犯，眼神"噌"地一下亮起来，跃跃欲试，欲罢不能。有一年我因辅导学生回家晚，路遇一伙学生在路边摘槐花，有个五年级的女孩爬树居然比她的弟弟还快，他们坚持把摘下的槐花枝插到我的自行车上，使我不得不拥着一车雪白清冽的槐花回家，心情便也雪白灿烂了许久。

老槐树在我的生活中扮演着重要的角色，在整个槐花季节，我总是以旧换新地在房间里插上几支槐花。槐花生吃是经常的事，虽然像小孩子一样狂吞暴餐的事不会发生了，但我仍能品味到童年时就已形成的甜蜜，那种六七岁的甜，成年后就再也遇不着了，因为品来品去，仍要回到童年时舌尖上的感觉。

老槐树不单凝聚着或者说满足了我们童年对甜的所有幻想和需求，而且也成为我们的乐园。尤其是夏日，男女老少在树下，坐着一只鞋子或者坐在他凸出地面的粗大的根系上，到各类传闻及讲古中去漫游，也就是因此，我们知道了山西那棵树的传说：那棵老槐树不仅是天下槐树的祖先，也是我们这些迁居人的祖先的见证。证据确凿的说法，是我们的祖先从山西那棵老槐树下迁出时，故土难离而又不得不离，乡亲们难舍难分，为给后代留下见证，便将双脚的小脚指甲砍掉一半，因此凡是小脚指甲不全者一律是从那儿迁出的。我们马上将鞋袜脱光，果然，那只小指甲不是平滑的，而是长成了小球形，真是咄咄怪事！你不信吧，它分明那么有鼻子有眼地存在着；你信吧，又觉得这种说法不那么可靠，心里没底。但最终，我们商量的结果，是在没证据证明它假之前，先信着吧。因为谁也没法证明或者解释清楚大家的脚趾为什么变得如此奇形怪状。

有了这种说法，我们忽然对老槐树有了好感，甚至有了敬畏感。但是，老树仍是那样，他对他喜欢或者厌恶的东西都是一种表情，一种态度，如果人也算一种东西。你会发现，就算一个人暗地里扎过老树几刀，留下的伤疤至今仍突兀地"亮"在那儿，老树也一样不动声色。

其实，老槐树知道无数秘密，但他没说过一句话，他既没说出过他的惊喜，也没说出过他的忧伤和愤怒。他知道一切，包容一切，他让一些特殊的事情有了去处。

自从知道了有关老槐树的传说，我们都感到了恐惧，因为我们有许多"恶行"埋在老槐树心里，我们甚至不敢再吃老槐树的槐花。大人们说不怕，知道改就是好孩子，槐树长出来就是给人吃的，你不吃他反而难受。坏事以后不做他就不会怪罪你。

观察过一段时间，果然平安无事，我们对老槐树的宽阔胸怀和包容简直感恩戴德，对他的爱护从此更是无微不至。村里的小孩子都被教育：对你好的人，你要加倍地对人家好。

包容过你的"触犯"，难道还不算好人吗？这个道理，太简单了，没有哪个小孩子不知道。

/ 水红的月亮

　　阵雨停歇。一轮银白的月亮在黑白相间的云层里穿行，因为有风，看起来速度很快，月亮明了，淡了，最后终于不见了。这样的月亮虽然不是多么好看，但是在城市里，我还是很少看到。站在阳台上，看着月亮渐渐地消失，心里怅然若失。

　　我总是固执地认为，月亮还是乡间的好看。老家刚升起的月亮，在印象里总是水红的居多，大大的，圆圆的，在树梢上挂着，在庄稼地散发出的气味里悬着，在远处模糊的群山之间飘着，看起来干净、圆润、饱满，让人心胸无限地扩展，觉得有那样的月亮在天上宁静地挂着，日子就恬静而美好。

　　我家大门前，百十步的地方，就是一条东西贯穿的小河，河上有一座小巧的砖拱桥。夏天晚饭后，人们都喜欢到这里来乘凉。这里靠着连绵的庄稼地和一片小树林，凉风习习，吹得人浑身透爽，更主要的是庄稼浓郁的气息让人吸着舒坦。这样的时候，人们说些闲话，聊聊庄稼的长势，在无话的时候，就会不经意地看到，一轮大得像车轮的月亮，悄没声地就从庄稼地里升上来，水红的样子娇嫩无比，小河里的水闪着水红的光芒，柔软的光芒里，还有一个水红的月亮，在水里晃，轻轻地晃，晃得人心里充满了温柔的体贴和疼爱。这样的月亮好像稍微大声点说话就会惊破它。大家就不说话，静静地看，静静的空气里只有庄稼的气息浓浓地散发着，闷热的空气里因为有了这个水红的月亮，似乎一下子变得湿润清新起来，大家说话的声音空荡，甚至空旷而清脆，好像在瓷碗的边上敲磕一只鸡蛋，清澈的蛋清里飘荡着一只柔软的蛋黄。这样的时候是美妙的：成片的庄稼，高大荫凉的树林，远处黑乎乎的村庄的影子，水红的月亮，游荡的淡淡的云彩，河里晃动的银亮的水面……月亮很快升起来，颜色开始变得乳白，轮廓也渐渐缩小，但是，它还在天上静静地游动着，那些云彩使它看起来游得很快。白天里积聚的蒸气现在又重新降落回大地上来，远处的天空上，黑乎乎的村庄和树林子上空，有淡淡的露水闪咔咔有声似的闪过，空气里有了湿意，也凉爽了许多。很晚了，大家还没有要回家的意思。水红的月亮，成为大家消暑最主要的期盼。

水红的月亮只是在月亮刚刚升起的时候出现，它的美好的影子就像露水闪一样总是一闪即逝。为了赶上看水红的月亮，人们总是心照不宣地早早吃完饭，然后拿上蒲扇和小马扎，赶到桥头上去，月亮还没有出来的时候，大家就说说闲话，拉拉家常，但是到月亮一冒头，眼尖的孩子们就尖叫起来："出来了出来了……"大人们就笑："叫什么叫？没看过月亮啊？"然后就都不说话了，静静等着那条水红的边缘慢慢扩大，变成一条线、一块水红的西瓜、半个水红的西瓜，最后是整个的一个水红的蛋黄……记得这样的呈现过程中，大人和孩子一律不说话，都静静地看着它慢慢升起，每个人脸上都闪着淡淡的光亮。后来的日子越来越热，蝉开始大量出现，但是在月亮出来的时候，它们竟然也鸦雀无声，偶尔有一只"吱"的一声鸣叫，但马上就可以听到它仓皇飞走的声音，因为慌不择路，在树叶间碰撞的声音很大，从头顶飞过，它从树枝上吸出的汁液会一路淋漓，被淋的小孩子会尖叫："它又撒我一身尿。"大人们只是笑，有人就说："谁让你老是话多。"

短暂的停歇之后，月亮整个升到了远处黑影子的上空，蝉们才重新开始集体合唱。有人注意到了，就说，看这些喊破嗓子的家伙，也知道等月亮出来呢。有人就跟话："嘿嘿，它们也喜欢看月亮。"

因为月亮，因为水红的月亮，夏天里无法忍受的闷热似乎可以忍受了，焦躁不安的蝉鸣似乎不那么焦躁了。大家在月亮地里，品味着从庄稼缝隙里吹来的南风，混合着庄稼们浓郁的馨香，说些听来的稀奇古怪的事情，讲些奇闻异事，有时候会把话题转到鬼怪身上，吓得小孩子都瞪着黑亮的双眼，缩到大人怀里，小脸紧绷着，一颗心在腔子里咚咚直跳，却不忘专心听讲，还不时提出一些疑问。偶尔还紧张地往不远处的坟场张望——那里是村里的坟地，几十个大小坟头在月光下黑着，的确有几分恐怖，不过，大人们都会适可而止，把孩子吓得后半夜做噩梦，也不是他们的初衷，一般恐怖的故事讲完，都会用一句话给破了，孩子们长出一口气，也跟着紧张地笑一下。

月亮水红的颜色很快地淡下去，等快升到头顶的时候，闷热也跟着散去了。明天还要下地，人们招呼一声，就都散去了。小孩子的想象还要在躺到炕上的时候——落实到具体的东西上，忽然一下害怕了，就紧紧抓住大人，直到倦意浓重地降临，才在迷迷糊糊中睡去了。

水红的月亮一直伴随着人们，直到闷热的夏天过去，秋天过去了一大半，还有人来桥头坐坐，站站，走走，好像美好的享受还没有尽兴。而现在，我回去的时候越来越少了，那种美妙的体验也成了回忆。只能像现在一样，在阳台上天马行空地想想，看看，看看转眼就消失的这个银白的月亮。

/ 蚂螂[1]

蚂螂蚂螂蚂，扫帚底下是你家
——童谣

雨后的时光显得美丽而干净。最好的地方在空中。无数的蚂螂在空中飞舞，它们闪亮的翅膀上下翻飞，几乎透明的翅子在空中晃来晃去，像电影里兵器的刃光，又像一道一掠而过的闪电，有时候就停在那里一动不动，有时候则在空中做花样表演。孩子们都从家里拿来扫帚，高高地举起来，嘴里念着"蚂螂蚂螂蚂，扫帚底下是你家"，反复念叨，就像一句咒语，最终总有那些禁不住咒语的傻乎乎的蚂螂飞到扫帚底下，成了孩子们的猎物。孩子们把到手的蚂螂的两个翅

1　蚂螂，即蜻蜓。

子捏在一起，然后放在嘴里，用唾沫一抿，蚂螂的翅子就粘在了一块。他们高兴地用扫帚扑来扑去，吓得蚂螂们在空中惊慌失措地做各种高难动作，"呼"地一下飞下来，"呼"的一声又飞上去。它们最让人看不懂的就是几乎能一百八十度的大转弯，那些翅子在空中快速地折来折去，发出"啪啪"的击打声。

让孩子们高兴而奇怪的是这些蚂螂总是围着他们转来转去，它们在孩子们的扫帚底下上下翻飞就是不肯离开，眼看着众多的弟兄在扫帚底下成了猎物也不肯飞走，这真是令人百思不得其解。为此，他们更加相信自己的咒语，他们使劲地念着，大声而响亮。蚂螂们似乎都中了咒语，怎么飞也飞不出这个圈子。它们焦急而盲目地撞来撞去，一不小心就撞到了孩子们的手心里，它们众多而明亮的复眼也失去了自己应该有的能力。

忙累了的时候，孩子们就放下扫帚，开始新一轮的游戏。他们把嘴里抿住翅子的那些蚂螂拿下来，蚂螂翅子上的脉络有些发涩，嘴唇舌头上有种奇怪的麻。他们把蚂螂长长的一节一节的下半身掐下来，然后折根扫帚苗插上去，仔细地把蚂螂粘在一起的翅子分展开，往天上一扔，就放飞了——蚂螂们带着长长的扫帚苗，在天上笨拙地飞，东倒西歪，样子很可笑，孩子们就一起欢呼起来。有识字的孩子就在纸条上写上一些字，有问好的，也有恶作剧骂人的，然后卷起来给蚂螂插上，让它飞。纸条比扫帚苗轻，所以，被折腾够了的蚂螂这回终于摆脱了咒语的禁锢，努力成功地飞远了。它们飞得很高很远，可以看出它们对这个地方的厌恶和痛恨，它们的高度和遥远证明了这一点。那些字条随着它们飞走，也许会中途掉下来，也许还需要很长时间，才能在它们飞过一些枝条时被刮下来。这些字条不知道会流落到什么地方，最终会被谁看到，会有什么感想。

蚂螂的头颅坚硬，复眼巨大，看起来像万花筒，转来转去可以看到很多说不明白的东西。蚂螂中最珍贵的要数一种"铁蚂螂"，这种蚂螂全身都是蓝黑色的，看起来像刚打出的铁一样。谁要是抓住了"铁蚂螂"，那他一个下午甚至几天就都有了骄傲的资格，因为这个大家伙体力雄健，飞得高而且远，对它念那个咒语似乎也不起作用，眼睛还特别好使，一般情况下孩子们根本不能抓到它，只有那些反应慢或者是故意要逗孩子们玩的蚂螂，才会聪明反被聪明误，在无意中被孩子们扑到扫帚底下。对这些宝贝，孩子们只要好好保护，把它放到蚊帐里或者给它们抓小飞虫吃，就可以玩上三四天。

还有一种全身金黄透明的小蚂螂，似乎是蚂螂中的美女，孩子们都认为她是蚂螂王国的公主，娇气、柔弱，喜欢在花丛里飞来飞去，速度慢而姿势优美。她不常出现，出现了就难逃厄运，不过抓住以后也很难养活，通常一不注意就会把她的身子弄断，或者把她美丽的翅子弄折了。有细心的女孩子把她压在厚书本或者是字典里做成标本，但比较难处理的是她同样坚硬的脑袋，而且她的脖子细弱易断，所以，能作为标本存下来的都是她美丽的翅子，透明、脉络清晰美丽的翅子，可以保存很长时间。

/ 黑巴虫

　　春天的空气好像拉长了的糖稀，就跟在小棍上绞来绞去一样，差不多了就那么一拉，拔出的长长的丝看着就叫人眼馋，放到嘴里舍不得嚼，用舌头轻轻地舔，越舔越多，无穷无尽，美妙的甜。春天晚上的空气就是这种一汪一汪的甜。

　　草草吃了饭，就抓起早就准备好的瓶子，高高的瓶子，看着心里舒服，觉得里面盛满了爬来爬去的黑巴虫，喜人得很。抓黑巴虫不好几个人扎堆，都找自己的秘密地方，不过转来转去都会碰头。这个时候，谁出门早谁的收获就多。所以，连最懒的人也知道要早早出去，要不，人家都抓过一遍了，你再去，就没意思了。

　　现在麦子都长到膝盖高了，正在为马上要到来的灌浆使劲，黑油油的闪着绿光，空气里散发出浓浓的青涩的麦子味。麦子叶上就爬满了黑巴虫。树枝树干树叶子上也爬满了。一直弄不明白，这些黑巴虫是哪里爬出来的。它们比天牛小，小小的须子，身上的翅子盖也还没有长硬，光滑油亮，正是嫩嫩的像小蛆子一样软乎乎的时候。槐花也正闹得最凶，浓得总是让人鼻子里痒痒的，甜得发腻，不如纯正的空气好闻，吸着舒坦。

不用谁去召集，也不用喊来喊去，你去村子里的任何地方，随时都可以碰到来捉黑巴虫的同伴。天一黑下来，黑巴虫就从各种地方出来了，翅子硬朗些的就在低空里飞，嗡嗡嗡的，听着好听。你不用什么手电之类的东西照明，随便地往麦子叶上、树枝树叶上、草叶上……一摸，准能摸到黑巴虫，有时候能摸到一窝，都抓在一起，我一直怀疑它们是一家子……你一摸到它们，它们立刻惊慌失措地乱爬，把它们迅速抓在手心里，它们就在手心里痒痒地爬，赶紧把它们一个一个按到瓶子里。它们在瓶子里滚在一起，四处乱爬，但用一个大拇指按在那儿，它们就一个也跑不了。有细心的还会在里面放一枚树叶，我们一直以为它们是吃树叶的，这么做是希望它们在瓶子里听话，也是希望明天早晨喂小鸡的时候，它们还都是活的。但是，也有个毛病，就是抓多的时候，它们在瓶子里会借着树叶往瓶口爬，拱得按在瓶口的手指头痒得难受。

　　黑巴虫在夜里显得非常美好，我们喜欢它们嗡嗡的叫声，喜欢它们滑滑的软软的翅子盖，也喜欢它们毛茸茸的小爪子爬在手心的感觉。我们得意于自己的收获，也得意于这样的忙来忙去。晚上基本没有什么事情可做，这是唯一一个既能让自己高兴也能让爹娘高兴的游戏，我们在各种黑影子里摸来摸去，心里都叫黑巴虫占满了。

　　这样的夜晚显得美好而纯净，到处都是移动的黑影，到处都是黑巴虫嗡嗡嗡的翅子声，空气显得稀薄而甜蜜，清脆而微凉，肺子里饱满得很，有想喊一嗓子的想法。我们都这样干劲十足地在春天的每个晚上，细心地把大量的黑巴虫放到一个个瓶子里去，瓶子里装满了黑巴虫嗡嗡嗡的声音，也装满了我们的得意和欢乐。我们知道我们的爹娘会因为这些黑巴虫而夸奖我们，也知道明天那些母鸡会因为这些黑巴虫而得意地边吃边叫。我们的欢乐难以言表。

/ 傻狗老虎

　　为了出入方便，我租赁的房子就靠在胡同口上。不料，来了没几天，居然遭贼，有两个小偷在午后下了院子。当时，妻子出门半个多小时，回来的时候看到两个学生样子的年轻人，推着自行车神色慌张地和她擦肩而过，她当时还很奇怪，但打开院门，她发现屋门上的一块玻璃被打破，急忙打开屋门，乱糟糟的屋子使她马上断定：家里被盗了。她随后冲出门，结果那两个人早就不见了。还好，她回家检查了一下，除了我不用的一个呼机、抽屉里的十多元零钱丢了，别的没什么。我回家以后，发现还丢了一盒自己舍不得抽的云烟，我们家因为买楼，一点存款也没有，这两个小偷也够倒霉的。妻子惋惜地说，要是再快点，也可能抓到小偷。我说算了吧，幸亏你没抓到小偷，要不就麻烦了。妻子细想，也害怕了，当时胡同里没什么人，就算抓到了，能怎么样？

但这样下去是坚决不行的，我们商量了一下，决定借条狗来看家。

姐姐家有两条狗，我们就跟姐姐打电话，姐姐马上就同意了，说你们想要哪条都行，它们整天叫，吵死了。我立刻找朋友开了面包车，到姐姐家借狗。

两条狗是一奶同胞的杂交狗，但是一条样子伶俐，双耳半竖，身材苗条，有点像狼狗，这家伙爱憎分明，对主人和客人摇尾与狂叫转换十分快捷自然；另一条则身高体壮，跟半大的小牛差不多，就是有点呆头呆脑，傻呵呵的样子，标准的柴火狗，看见主人立刻就不叫了。姐姐说这条狗是小时候让小外甥管傻了，好像缺心眼一样，不知道饥饱。我看出姐姐一家都很喜欢那条狼狗，就选了这条笨土狗。不料出门的时候，它居然趴在地上不走了，惊恐地狂叫。姐夫把它抱起来丢到车上，要我抓住它脖子上拴的铁链子，还说，放心吧，它不会咬人。回家的路上，我害怕它回头给我一口，就使劲抓住铁链子，还好，它一路上除了惊恐地四处张望，居然连姿势都没有变，一直到家，要下车了，它还是那个样子，我抱它下车，它老实得像只猫，不叫也不挣扎。

我把它拴在院子里废弃的小厨房边上，给它拿了蘸过菜汤的馒头，它看看我，很快就狼吞虎咽起来。到了晚上，它就和我们一家都熟悉了，五岁的儿子可以抱着它的头玩耍，温顺极了。我们看着这样的景象，心里有点失望，怕它是个不会咬不会叫的傻家伙，要是那样，就糟了，有它没它还不一样吗？

还好，它晚上居然狂叫起来，开始我们很高兴，因为它终于叫了，声音洪亮，粗犷，听起来很吓人。但是它到半夜的时候一直狂叫，我怀疑有人要下院子，就悄悄起来，开了门，提了把铁锹把院子各个角落都转了一遍，发现什么也没有。等到重新睡下，我才明白过来，原来我们这里是胡同口，只要有人过，它就以为来人了，便拼命叫，它忘了已经换了地方，跟它以前的环境不一样了。我偷偷乐了，行，这个家伙还行，有这样的叫声，估计小偷们再也不敢来了。

逐渐地，我们发现它的食量大得惊人，吃东西不论好坏，还不知道什么叫饱。问过姐姐，才知道，以前姐姐家里忙，都是想起来就给它们点东西吃，想不起来就不管，它只有饿到坚持不住的时候才呜呜咽咽地叫。还有，它在对我们一家三口都认同的同时，对所有来家里的人，都是愤怒狂叫，简直是拼命的架势。有一次，一个从前的同事一家来访，他的妻子正做保险业务，要发展我们做客户，从进门就不停地说，力图在最短的时间内给我们洗脑成功。结果狗狂叫不止，把她气得没办法，嘟囔着说你家的狗该送人了，真是烦人，连话也不让说。我得意地说，那可不行，我是用专车把它接来专门看家的。事后，我犒劳它一顿丰盛的晚餐，它真是帮了我的大忙。遇到那些所谓搞保险和推销事业的，他们锲而不舍的精神，让我脑袋都大。

　　儿子给它起名叫"老虎"，开始它傻乎乎地不知道怎么回事，歪着头看，后来就逐渐地知道是叫它了，一叫老虎，它立刻就跑过来，跟你亲热。但我后来发现，它在院子里拴着拴傻了，有人来的时候，它拼命往前扑，把铁链子挣得哗啦啦直响，但是给它放开铁链子，它居然不知道怎么走路，还是围着那个地方转来转去。我就把它抱到院子外面，它立刻惊恐莫名，趴在地上一动不动，全身打战，四处张望，呜咽不止，瞅我不注意，一转身跑回去了。从那以后，我把它的铁链子给松开，再也不拴了，它果然逐渐适应。在院子里习惯以后，老虎一天里有几次会带着链子撒欢，来回拼命地奔跑，呼哧呼哧地喘着粗气，跟一头狂奔的野牛一样，动静很大，它的狂欢有时候会收不住，跑着跑着一膀子就撞到了墙上，惹得大家哈哈大笑，大家一笑，它更来劲了，使出浑身解数，一直到跑不动为止。结果不到半个月，它再跑上几个来回，一点事也没有，跟闹着玩似的。它还在院子里练习跳高，和飞下来的蜻蜓和麻雀斗勇，有一回居然把一只老是飞下来逗它的蜻蜓一爪子就给拍下来，成了它的美味。

我的院门底下有个窟窿，只要一有人靠近院门，老虎就奔到院门那里狂叫，生人根本不敢靠近，有一回，一个亲戚来串门，被我们喝住以后，都要进屋门了，它从后面忽然冲上去，在人家的屁股上来了一下，虽然没咬到肉，可是把亲戚得罪了，从此再也不敢上门来。我很生气，狠狠地教训了它一顿，那几天它看见我就躲，低着头，歪扭着身子走路，很不好意思的样子，不过，很快就恢复了原来的样子，但从此再也没真正下嘴咬过人，虽然叫声依然凶猛吓人。

和老虎形成鲜明对比的，是我们邻居家养的正宗"红狼"，那家伙跟一头牛一样高，主人每天都要到市场上去买肉食给它，它长得很快，但很少叫，偶尔叫两声，跟低沉的萨克斯一样，没有威力，倒是听出了抒情。它的主人每天早晨都出去遛狗，遇到熟人，这家伙就站起来，把两只大爪子搭到人家的肩上，伸出长长的红舌头舔人家的脸，个头比人都高一头，甚是吓人。但就是它，有一天，主人没关院门，结果它溜出去，被一个用三轮车拉着狗遛弯的人堵到墙角，抱到车上拉走了，主人晚上听说了以后，发动家人和朋友四处找，最终也没找到。邻居开始是惋惜心疼，后来是生气，觉得这么大个狗，被人家拐走了，真是丢人。他一生气，又要了条本地的柴火狗，他说，还是你们家的狗管用，样子不好看，看家管用就行。

有了这个事件，邻居们对老虎真是赞誉有加，见了面都说，养狗还是养这样的狗，能看家，不像那条，自己都让人家给拐跑了，还能指望它来看家？咱这个胡同里有了你家的狗就放心多了，一般人都不敢来，只要一进胡同，它就叫，一直叫到人都走得没影为止。

等老虎学会出门的时候，我们也要搬家上楼了。很多不用的家具都给了姐姐。姐夫找车来，把那些东西都装上车，最后把老虎抱上去。车开走的时候，老虎在车上一直望着我们，它不叫，也不挣扎，跟来的时候一样，车走得很远了，它忽然在车上站起来，望着我们大叫不止，我眼睛一酸，有些潮湿。儿子哭闹起来，他说，我不愿意让老虎走。我们劝他，他一直哭，直到我们答应带他周末到姑姑家去看老虎，方才停歇。

乡村人物

平原的方言里把『不简单的人』统称为『人头』或者『人物』。

就我所知，所有的乡村『人物』，无一例外，都是秉承了『一根筋』的犟劲，将最为凡俗的吃饭手艺、嗜好、品味，甚至脾气，发挥到了极致，并被口口相传的村人们赋予了浓郁的传奇和演义色彩。在平原上随意散漫地行走，冷不丁，你就会遇到一位久闻大名、耳熟能详的『人物』。

/ 鞭王

　　村里人叫他江爷。对外乡人说江爷，知道的不多，但一提鞭王，恍然大悟的大有人在，尤其上点年纪的，常会对你眉飞色舞，滔滔不绝。

　　这是因为江爷的马鞭，像王五的大刀一样早已声名远扬，并被涂抹了浓浓的传奇色彩。

　　江爷幼孤，七八岁开始一路讨饭一路流浪。以天地为家，竟不知所从何来，所向何往。来到村里时，被小地主张摆子相中，看他手脚粗大，少言寡语，是个干活的好料子，便收留下来，放羊遛驴，管吃管住，但不发工钱。

　　这个叫"大江"的流浪儿从此与活物结缘，他的工作便是将驴羊赶出去放牧。他很少言语，却极有心计，为使驴羊听话，他自制了羊鞭，驯驴驯羊，颇有心得，到他十五岁时，他竟可以双手使鞭，左右挽花，在空中与地面抽出十多种不同的鞭声，驴羊常会依令而行，章法不乱。有一次村人们按照习惯都聚在街头吃饭，小地主张摆子也在其中凑热闹，恰逢大江放牧回来，看他一路上上下左右鞭花打得有声有色，有人好奇，就提议要大江表演。在张摆子的允诺声中，大江长臂挥舞，小牛皮鞭左右逢源，只见十几只绵羊一会儿向左边开路，一会儿回来扎堆围成一圈，一会儿起立一会儿卧倒，让人看得目瞪口呆。随后叫好声不绝，齐夸神了神了。这一次既让张摆子大开眼界，挣足了面子，也让大江得了一年给一身新衣的报酬。

由于张摆子精于心计，到大江二十岁左右时，小地主张摆子变成了大地主，家中羊驴换成了骡马，十几头骡马被大江调养得膘肥体壮，毛色都跟缎子一样油亮亮的。张摆子在农忙季节把骡马租给四邻八乡，从中捞取暴利。

骡马不同于绵羊和毛驴，大都脾气暴躁，凶悍不羁，稍不顺意便动口尥蹶子，一般人很难驾驭。张摆子便令大江想尽一切办法调教，像驯绵羊一样，让租它们的人放心使用。

此时的大江已是一米七八的个头，体格魁梧健壮，双臂一晃，两三个年轻人也架不住劲。为了驯服骡马，他用牛筋杆制作了独特的马鞭，一丈之外，可以一鞭将一匹暴跳如雷的骡子打得全身突突哆嗦冒冷汗。据说，大江在外放牧时，从不闲着，除了练习"鞭令"，就是用鞭子抽大树、砖块，甩出去的鞭子既可以打出一个圆点，也可以挖沟一样抽出一条线，还可以一胳膊抡出去，横扫一大片，精确无比，力道也把握得很准，既可以让一根树枝齐刷刷刀切一样斩断，也可以把一根瓜秧打得似断非断。他常年和牲口们在一起，对它们的各种习性了如指掌。一匹再壮的骡、马，他也能一只胳膊将其扭个跟头，一巴掌打个趔趄。据懂行的人讲，大江鞭打闹骡，一鞭见效，打的是骡子的耳后根，一般人也知道，但打不了，打轻了，不管事，那畜生会回过头来跟你拼命，打偏了，鞭梢极容易打到牲口眼上，废了的牲口就不值钱了。所以关键是甩鞭子的准法和力道，要不大江怎么叫鞭王呢？

大江的"鞭王"，缘于后来的一次险遇。

生意兴旺发达的张摆子越干心气越高，他不满于小打小闹，瞅上了运送货物的"拉脚"。那时平原一带运送货物，主要是车载马运，条件差的用推车，好点的用骡、马、驴套上"拉车"拉。张摆子置下了刷得油光光的十辆骡马车，由大江带队，外出为客商运送各种物品。

那时，他们的外出已有了走江湖的味道，一直仅有个小名"大江"的江爷才正式被把式们尊称为"江爷"，车把式们多以驴、马驾车，唯独大江套一匹高大的骡子，每次出征，江爷长鞭一响，青骡子带头，一路人马晃嘟晃嘟地出发了，场面甚为可观。

其时，平原已有小股土匪横行，他们多在秋后青纱帐起来后趁黑打劫，多数专劫富商。一日，江爷的车队送货归来，被两个悍匪拦住，要钱要物，无果后相中了江爷的青骡子，要拉回去给当家的作礼物。只见江爷一声口哨，青骡子突然跳起，带车扑向悍匪，悍匪尚未反应过来，江爷鞭响四声，两个土匪的四只手腕已被打得血光迸溅，二人落荒而逃。车队回村后，众把式害怕，再不敢外出，却将江爷的故事演绎出来，并奉上"鞭王"的雅号。

悍匪老大闻讯，派人专找江爷，许以重金入伙，江爷不答应，悍匪老大亦不强求，却也并未为难江爷。

后张摆子死于战乱，土地被分。江爷成为生产队里的饲养员，孤身一人与牲口为伴。

我小时候见到的江爷，已七十多岁，稍有点驼，终日寡言，所住牲口棚旁的小屋墙上却挂了十几条鞭，但基本不用了，因为村里的牲口基本都是牛，牛都温顺得让人心疼，根本用不上鞭。

村里人都知道鞭的传说，我们小孩子更是心向往之。有次，喝了酒的江爷被我们逗起了兴头，只见他双手使鞭，口里嗬嗬有声，门口的一棵杨树上落叶纷飞。他静下来转身回屋，我们有些灰心，但拾来树叶一看大吃一惊，那树叶柄毫无损伤，叶心却一律有一个洞，几十片树叶一般无二。后来我们费尽心机要拜师学艺，但无一成功。

　　土地承包后，有一车把式买了一头青骡，凶悍无比，咬跳咆号不肯上套，无计可施只得来请江爷，推脱不掉的江爷只好提鞭前往。此时那畜生闹得正欢，说笑间只见江爷突然挥鞭，一声闷响，那畜生立刻老实下来，耳后的血和身上的冷汗几乎同时流下来。人们齐声喊好，其时，江爷已近八十岁。

　　1984年秋，大地丰收，江爷无疾而终，是年八十整，村里人合伙为他举办了葬礼。

/ 八妮儿

说来你也许不信，八妮儿是条汉子。也不是排名第八，而是老大。但他的名字又似乎是某种暗示和预谋，因为他哥儿八个，有七个挨个排下来的兄弟。乡下人惯听杨家将，便将一个威风凛凛的"七狼八虎"送给了他们，这名字一叫起来便迅速传开。在四邻八乡，这名字就是他们兄弟的护身符，有孬小子使坏找碴儿打架，总要先问好了对方家居何处、姓甚名谁，怕万一招惹了这名贯乡里的七狼八虎而惹来麻烦吃不了兜着走。有时，我们也会因此而壮了胆气，平蹚了一些险象环生的"浑水"。从这一点上，我们小孩子往往对八妮儿一家先存了敬意和好感。

八妮儿一家在我们村单门独户，而且他爹他娘都不是我们村的人。他爹烧得一手好菜，四邻八乡有名，四处周转了一辈子都没离开过锅台，"文革"时被莫名其妙地戴了帽子，可是还离不了他，被拉去给头头们烧菜做饭。他爹死得很惨，胃癌疼得受不了，趁上厕所的工夫，用腰带在院子的歪脖枣树上自我做了了断，当然，这是后话。起初，他爹就是凭一手好菜把大地主家的黄花闺女弄到了手，大地主不甘心把闺女送给这个四处帮工的穷光蛋，就把他们赶出了家门，后来地主被斗倒了霉，他爹带着他娘四处流浪，最后在我们村落了户。这都是村里人的传说，真情是我们能看到的一些事实证明了的：他娘一辈子没下过地，整天大门不出二门不迈。有一次，八妮儿他爹浇菜，稀里哗啦地从井里用水车车水，因为八妮儿还小，就让八妮儿他娘给看水沟、改畦口，后来，八妮儿他娘累坏了，直嚷累得心眼慌，可见这养尊处优的人是多么担不了生计。我们村里从此流传下来一句歇后语，叫作"八妮儿他娘看水——累着心眼了"，用来嘲讽那些拿不了针烧不了火的窝囊废和"囊揣"。

但是八妮儿他娘很有脾气，她的大小姐脾气被坎坷的遭遇磨得坚韧而持久，她发誓要让村里人看得起家里人。为此，她放开肚皮生起儿子来，八妮儿这名字本身就表示信心和决心，男取女名，也是名贱好养的意思，她要生八个儿子。果然，她如愿了，八个儿子排着队来到世上，把那些生不了儿子甚或连女儿也生不下来的女人气得一点脾气也没有，只有服气的份儿。

全家十口人吃八妮儿他爹一个人的那点工资，日子就可想而知了，就算他爹整天在厨房里摆弄吃的喝的也不行。所以，他娘在挣足面子的同时也把全家人带进了一穷二白的深渊，加上他娘除了生孩子和吃饭几乎什么也不会干，弄得七狼八虎没吃没穿没人管，一年四季穿着奇形怪状、四面透风的衣裳，冬天穿的大布鞋前后开门。八只虎永远黑乎乎的，像从没洗过脸。

但他们永远都像生铁蛋子一样结实，没听说他们一家人谁生过病。在村里他们并不惹是生非，村里的妇女们看着八只虎受罪心疼，就把剩下的旧衣物送给他们，他们的娘也不客气，都照收不误。所以村里人的衣服，最后都到八只虎身上聚齐，一些补丁大大咧咧地在上面"挂"着，许多外村人都认识这是八妮儿他娘的"杰作"，这些"杰作"在村里像旗帜一样四处飘摇，是小时候我们村里一道独特的风景。

八妮儿早早地退了学，在家种那些烂地，一开始是挣工分，到十八九便外出，在火车站上拉地排车，爬坡上坎，很需要一把力气。此时的八妮儿已是一条黑汉子，全身都是腱子肉，虽不显山露水，却是村里最顶尖的大力士。夏天晚上乘凉，麦场边上三四百斤的大石磙，他倒背一只手，用另一只手连翻八个跟头后，面不改色心不跳，还能用一只脚把石磙勾起来，把高他一头乍他一背的坏子叔也远远地比了下去。

穷人的孩子早当家，八妮儿很快成了家里的顶梁柱。七只虎考学无望，也陆续退了学，跟村里人外出学艺挣钱，木工、瓦工都占了个全，村里人有事，帮忙的人七只虎能占一多半，把村里村外的人都眼热得要死。

日子变好了，八妮儿却废了。四十多岁的人看起来像个小老头，完全失去了往日的神采。八妮儿三十多才成家，他又要拉脚，又要上大河做河工，据说，他拉脚弄得全身都是伤，挖河时又着了凉，从此出不得力气，一个有名的大力士逐渐萎缩，整天病歪歪的，让人看着心疼。

八只虎全都成了家，且一个比一个富裕。四邻八乡，他们仍然声名远播，是我们村的代名词。八妮儿他娘终于等到了让她扬眉吐气的这一天。其他七只虎，都想方设法帮着八妮儿，八妮儿不让，说"看着你们有好日子过，我也就知足了"。他每天都下地，小心地伺候自己的责任田，看他慢声慢语地说话，声音低沉而沙哑，你无论如何也想不到，他曾是一名声名赫赫的大力士。

村里的老人们都十分看重八妮儿，拿他做孩子们的榜样，他们常说：八妮儿这孩子，虽是个孩子，做的却是爹娘的事，识大体，懂大义，是个没法说的好孩子。

/ 药王

药王身躯微肥，肤色微黑，一年四季，出入皆黑衣罩体。一个乱蓬蓬的头喜欢低着，有人招呼时，抬起的眉眼阴郁，一线白光斜撩过来，让人不寒而栗。据说，无论家狗野狗，见之必先胡乱狂吠几声，随后夹着尾巴慌慌夺路而逃。有小儿夜哭不止，妇人说再哭丢给马羔子吃了，小儿仍哭，男人有些焦躁，喝一声药王来了，小儿立刻噙泪止哭，扎进母亲怀里惊恐四望。妇人事后必然埋怨男人不该如此吓唬小儿，惊了魂魄咋办？

乡间故事多有演绎成分，但由此亦可见药王的非同一般，异于常人。人们背后都叫他黑煞，当面都礼敬有加地喊他药王，原因是他手中有一张能治绝症的方子。吃五谷杂粮，谁敢保证自己哪天不到药王跟前求命？做人，还是给自己留条后路的好。乡人们都懂这理儿。

药王姓陈，独苗一根。其祖辈行医。据传，其祖上原是江湖郎中，云游四方，曾偶然配得一服毒药（因醉酒而致），救了一位腹胀如鼓而等死的抚台大人，从而名声大噪。其祖上索性将错就错，用赏银开了药堂，就地行医，以致家业渐大。后来因战乱，子孙们未能守住家业，不得不重操旧业，四处云游，靠这张方子和三寸不烂之舌混口饭吃。到他祖父在小村定居时，这张方子已被传得神乎其神，用药采药程序也被弄得诡秘异常。"药王"是他们的自封，也是行走江湖时的名号，而且，他们祖辈行医一律黑衣黑裤，一年四季不变。由于药方所涉药物毒性甚大，其祖上传下三条遗训：医术不精者不传，性格懦弱者不传，心浮气躁者不传，以免后人因用药不准，而误人性命，甚至丢了自家性命。

药王他爹——老药王年近五十而得子，自然爱若掌上明珠，不料，儿子很不争气，七八岁了常被四五岁的小东西打得哇哇直哭，手中的东西只要别人开口，一律双手奉上，唯一擅长的就是哭，一直哭，没人劝就哭得背过气去。不单如此，对各种中药名儿，竟然是一点儿也不入脑。老药王开始迁就，后来一想，养不教，父之过，便狠下心来打，手心打得亮晶晶，果然能起作用，那些稀奇古怪的药名儿能背下几十个，而且，可以之乎者也地给别人背一通经脉气血的理论，骇得村人们只有点头出汗的份儿。

老药王越发老了，儿子还是不能把家里的门面儿撑起来。没办法，老药王用尽了一切办法想"速成"儿子，尽快培养出一个小药王来。他规定儿子每年必须想办法取食恶狗一只，以壮胆气，又命儿子时刻注意要不苟言笑，注意威严，还要常年保持祖上"黑衣跑江湖"的着衣风范。另外，老药王想尽办法让他周围的人们知道：他陈家的祖传秘方在儿子手上，水肿病连洋人医生都治不了，我祖传的方子一贴就灵，又便宜又不受罪，又说已有十几家大医院出钱买方子，几百万，不卖。我的方子上千万元了，碰不上识货的，坚决不卖。

　　四五年后，老药王撒手归西，留给人们一个脾气稀奇古怪的小药王：着黑衣、食恶狗、吞生虾、背古文的"怪物"。这个幽灵一样的家伙在村里常把小孩子和狗们吓得四散逃奔。

　　但是，药王除了满口古书药名，行为怪异，连最简单的打针吃药都不会。多少年来，还没有人得上那种水肿病，从而能有幸用上药王的祖传秘方。但感冒发烧、头疼脑热的事儿人们隔三岔五就要碰上。于是，村里一些自费学医的人开起了小门诊，热热闹闹红红火火，小日子在村里渐渐浮上人们的头顶，没人能比了。

　　药王仍然不屑（不能？）这些"小把戏"，他常背一通古文，然后摇头叹息：世风不古啊。黑脸上的无奈让人心惊。

渐渐地，药王不背书了，后来又开始换穿衣服，夏天也敢穿裤衩子，像村里人一样赤膊出入而无所顾忌了。也不再吃狗肉——现在，一个村里已找不见几条狗了，想吃也没得吃了。除了身躯微肥，脸色微浮，使他看起来像个"文化人"，其他和村里人没啥区别。

他有一子一女，但没迹象表明会继承他的衣钵。他也日渐褪去身上的黑煞气，变得像个正常人，偶尔和老婆吵架，他会使出儿时的绝招——赖在地上不起来。他老婆要面子，哭、骂、打都用上了，不奏效，就跪在地上对他磕头，求他起来。他不为所动。他的认真坚韧让人甚至感到了绝望。

终于，药王彻底变成了农民，他给他祖辈积攒的所有名气画了句号，给他的江湖生涯画上了句号。他出入田间，以土地为生，不算勤劳也不算懒散，全家人就那么生活着。

有时候，人们心痒，说那秘方丢了多可惜，不用卖几百万，给个四五万也可以啊。

药王有些不痛快，说："你别哪壶不开提哪壶。"

然后又说："道不同，不相与谋。"

大家莫名其妙，听不懂。但都知道，再问，他的"药王病"要犯了。

就都不再问。

/ 琢磨王

琢磨王其实就是王琢磨。

开始人们叫他王琢磨，他跟人家干了一架，说是糟践人，是挖苦嘲弄他。后来有聪明人给他换了个个儿，叫他琢磨王，说："你这么能琢磨，有头脑，咱们这儿谁能比得上？简直成了琢磨王了。"他一笑，乐滋滋地谦虚道："哪里哪里。"人们看他认可，就干脆逐渐当面叫他琢磨王，他也一概含糊不清地应答。虽然人们背后仍叫他王琢磨或穷琢磨，但琢磨王渐渐成了他的名号，连小孩子也这么叫他。他老婆不干，骂他听不出好坏话，他脸一板说，什么好坏话，他们算说出了事实，我就是琢磨，气死他们，他们谁有能耐也来琢磨一个试试。

的确没有。比如，他那年高中毕业，他忽然对班主任说去北京考表演，任谁劝也劝不住，他星夜奔往北京，但在北京闲逛了两天，等回过味又立即返回高考，结果少考了四门功课，只好回家种地。气得他爹要打他，他说："这也是一种人生经验，我要的是经验是过程不是结果，人不能以成败论英雄嘛。"

他当过两三年代课老师，给学生讲一些奇谈怪论，常让学生目瞪口呆。他因英语好，方没被早早打发回家，他管不住学生，校长只好让他去教小学。他喜欢琢磨，琢磨学生也琢磨同事，说话总是让人摸不着边际。有一回同事闲聊他的属相，他不答，沉吟片刻说："是属天狗的。"正好家人去找他，同事告诉他的家人，说他吃月亮去了。家人莫名其妙，找到宿舍，家人问他什么叫吃月亮，他自己明白是怎么回事，就没好气地说："刚想吃，你一叫，又掉下来了。"从那以后，有人说他，都只说"天狗"如何如何，不提名字也知道是说他。

因为补课费的事，他在只有几个人的学校里发动了一场"革命"，说要代大家向学校讨个公道。每天上完课，他就在办公室里仔细准备谈判提纲，然后去和校长谈，一次不成就两次、三次……每次他都向同事们宣布谈判的进展情况。他同大家透露说他有校长的小辫子在手，不怕他不答应。后来，他果然成功了，补课费从五元涨到了十元，但最终没兑现。他却因为以前曾给学校买东西，没有手续和字据，导致学校里的一大笔钱没有着落，被查出了"经济问题"，他自己引火烧身，就顾不上和校长理论什么补课费问题了。焦头烂额的几个月下来，最终的结果是他爹将家里的一头小牛卖掉替他抵债，他本人则只有卷铺盖卷回了家，气得他爹大病一场。

但他认为主持了公道，理直气壮地回了家。他是独子，老父亲从长久计，也只好依他。

他种地时和父亲又闹了别扭，父亲按老习惯种粮食，他不干，坚决要改良，要种一种高产高效的大豆，不料买了假种，那一年连豆种也没收回来。第二年，他又搞蘑菇大棚，但他仍按在校时的习惯下地，又总想着"应该怎样才能少出力气多做工"，所以，年终结果就可想而知了。他爹骂他，他有一套套的理论等着，什么"人算不如天算"啦，"计划不如变化"啦，还有什么"劳其筋骨，饿其体肤"的"臭词"。他爹除了叹气，对他只能无可奈何。

琢磨王好读书，从"三国"到科技，捉到什么读什么，中午别人都午睡，他却在认真研究庄稼收割机的功能，他讲的许多东西有时也非常诱人，但村人们都觉得那是"做梦娶媳妇想好事"：都坐在家里一按电钮，机器就出去种地了，粮食收回来送到桌上就吃，那人干什么？一家一家的大劳力闲着干啥？不种地不收庄稼还能叫农民？再说哪辈子咱们能用上？连地都种不好还瞎白话，老王家真是倒了八辈子大霉了。

琢磨王包过村里的鱼塘，种过果树，可最终都黄了菜。不过他并不气馁。他的理由很充足：环境不好，条件不够，设施不配套，人不开化，等等等等。他爹一看再指望他，全家人要喝西北风了，便与他分家过日子。

琢磨王由于名声较大，一般人家的女儿不肯下嫁与他，他最终找了一个腿有残疾的老婆，老婆腿残嘴不残，常常从家里把他赶出来，追得他一圈儿一圈儿地围着村子转。琢磨王一边疾走一边躲着老婆丢来的砖头坷垃，一边对遇到的人干笑着，说："我老婆腿病又犯了，多走路才能治好，她又太懒，只能用激将法。"然后急急遁去了。村人们憋住笑，在他身后大声说："是啊是啊。"

琢磨王搞过好几项发明，都"待字闺中"，用他的话说，叫没找到识货人。他一年四季都戴着眼镜，瓶子底似的光圈晃得人直眼晕，可他离不了，一离镜子就像个睁眼瞎。

有人说："老王家的儿子生错了地方，投错了胎了。"

琢磨王也曾说："也许我当初参加考试，进了科学院，肯定能搞出个名堂来。"他还举例说，让陈景润来种种地，肯定不行，可他是数学大师。

村里人不知道什么大师不大师。但"世上没卖后悔药的"这个理，十个人却有九个都懂。

/ 醉鬼李

"有条件喝酒有什么好稀奇的？没条件也要喝，才是真正的英雄。"把这话挂在嘴边的就是自称为"末代英雄"的醉鬼李。

醉鬼李中等身材，壮实，全身都是疙瘩肉，他自称在海军做过水兵，开过军舰，当过大副。"大副，懂吗？就是舰长，掌着舵，想上哪就上哪。军舰比子弹快多了——拉一条白线'哧'的一声就穿过去了，许多鱼反应慢就给划死了，所以，到近海边上，有很多渔民跟着军舰跑，干吗？捡死鱼呀，一会儿就一船。他们追军舰？笑话，门都没有，一眨眼，我们几十里就出去了。他们跟着军舰，可发了大财了。有一年一条鲸鱼来水面上显摆，在军舰前面跑，想跟我较劲，我加一下油门，军舰就从鱼身上划了过去，你们猜怎么着？大鱼从尾到头给分了两半，刀切的一样，把后面渔民乐疯了，一百条船往回拉，全村人吃了半年。"醉鬼李的故事最迷人，常把我们听呆了。但大人们都说他胡吹八拉，是胡扯。不过胡扯我们也愿意听。

醉鬼李常说他"生不逢时"，把一代英雄给糟蹋了，"要是早生二十年，我至少可以弄个军长什么的干干。"他还透露说："有一回，我把军舰开到了台湾边上，把蒋介石的军队吓傻了，丢下枪撒腿就跑，要不是军人以服从命令为天职，我早把台湾给端了，你说为什么不打呀，我们是仁义之师，一家人能打吗，是要他们自己把台湾交过来。"

他觉得自己完了，就自暴自弃，喝开了酒，他喝酒很特别，像喝凉水一样，说着话一瓶就光了。有菜吃菜，没菜就吃咸萝卜，用指头蘸盐。最高水平是村里人的"舔眼泪喝酒"。喝到伤心时就哭，"眼泪就酒"又方便又及时且源源不断，不过这样的时候很少，多数是越喝越高兴，但从没听说他喝多吐过酒。

他就老哥儿一个，父母早亡，当兵回来成了家，有一儿一女，后来东凑西借盖了瓦房，还未完工就把老婆孩子打跑了，跑到关外寻了人家，再也没回来。他的瓦房盖了几十年了，有两个窗口还是黑洞，门上也没玻璃，连纸也懒得糊，基本上还是老婆临走时的样子。好在他只回家睡觉，家也就无所谓好坏。他的门不上锁，十几年一直夜不闭户，村里的猪狗鸡羊也可以自由出入，高兴了就到他那儿串个门。但它们兴趣似乎不大，因为下一次，基本上都能做到过其家门而不入——就算门户大开也不入。

醉鬼李好喝，全村他不知喝过多少遍了。不论谁家来人或有事，他都能准确地知道时间，一般开饭的时候，他会找个很体面的理由，去赶饭碗，人家让让，他就毫不客气地坐下来，菜很少动，只大口喝酒，最后不吃饭就回家睡觉。邻近的十多个村里的光棍，与他都是酒友，一年四季轮着喝。村里凡在外工作的，只要他能走到，都找理由去吃个酒。他不会骑自行车，也没有，全靠两条腿量。

他不种地，一年四季在外打工。有一年高兴在河边种了点白菜，过年了，他借了辆地排车，拣好的摘了，拉到城里给他当公安局局长的战友送去。有人说他，让局长给你找个事干干，当个警察也行啊。他嘴一撇，说："他请我多少次了，让我当个小队长，我能干吗？我不干拉倒，干就干大的。"

光杆司令一个人的，人们一般都怕。邻村一个光棍，心眼小，习惯在白天去地里看好了，晚上就把得罪他的人大田里的时鲜玉米、毛豆、地瓜摘了，用袋子装好，偷偷丢到他认为不错的人家院里，他自己还很得意，起个名叫作"杀富济贫"。但醉鬼李从没干过这种事。据说，他直接找到那个家伙，说："兔子还不吃窝边草呢，你再敢干这种缺德事，我就打断你的狗腿。"一物降一物，那家伙连话都没敢说，只扇了自己两个耳光。从此，全村再也没出现过类似的事。

由于喝酒太凶，先是他的脸色发红，继而变色，变成了酱猪肝，常见他捏着酒，歪着脖子，血红着眼睛在路上走，见了人也不搭话，撩一下眼皮接着走自己的路。他永远都睡眼蒙眬，也许，他只有睡在自己的梦里，才觉得最安全，也最神气。

终于，他酒精中毒太深，伤了身体。前些日子，听说他已偏瘫了，后来虽可活动，但只能挂一根棍子，用脚板拖着地，一蹭一蹭向前挪，而且，肝也有了毛病，常疼得吸冷气。

"末代英雄"成了"末路英雄"，很多人替他惋惜，大奶奶曾说，这孩子小时候多聪明，后来成了这样，说他多少回也不听，骂也不管事，好好的一个孩子就这么废了。

但多数人都这么认为，他不成器，是心太高，心比天高命比纸薄，想不成事就一锤子买卖，自个儿把自个儿捶碎糟践了。

/ 刘一刀

刘一刀有个外号，叫一根筋。

其实刘一刀也是他的外号。

他是一个瓦工头。

他一年四季，带着一帮人在城里乡下忙个不停。他的小建筑队很有名气，所以许多人拐弯抹角找人托关系找他，想进他的门，做他的徒弟，但他门规很严，带徒弟的方法也很特别，有些人好不容易去了，又因为受不了他的专横，干几天就不辞而别。因此他手下总是维持在二三十个人，最终留下来的是那些有心人。

他的建筑队活做得好，名声在外。他答应的交工期，从不变更，房屋的质量也没得说，许多人家宁肯排号，多等个一年半载，也让他们干。由于房主高兴，结账也很及时，相对一些大建筑公司，动不动就扣压工人工资，或一年两年发一次，或弄一些烟酒抵工资来说，他们这二三十个人的小日子过得很舒坦。年轻人，尤其刚从学校小学或者初中毕业的孩子们，都以能成为他的徒弟为荣。

但事情远没有想象的那么容易。他要求很严，严到匪夷所思。有人找他，想给他找个徒弟，他满口答应："明天晚上来我家吧。"等人家来了，他先管顿饭，饭后，他也不多言，拎把瓦刀带着来人到后院，让来人看仔细了，他便塌下身子用砖和干土垒墙，那墙是个拐角。他的院子里堆着小山似的土和几千块砖，他不用吊线，但要求来人用。要领交代完毕，他回屋吸烟喝茶看电视，一个小时出来一次，来了看看转转，喝一声："扒掉重来。"如是一夜，第二天天明放人回家，嘱咐晚上再来，仍是垒墙角，但不许用线。第三天晚上，则用瓦刀砍砖，他先示范，一刀下去，一分两开，量好一样，左右对半，而且不砍第二刀，砖切面也绝不里出外进有大有小。他有时兴起，会连砍七八块砖，于是左邻右舍便会听到熟悉的声音，这声音有急有缓，有轻有重，节奏鲜明，让人听起来像一串鼓点，人们听了多半会念叨：刘一刀又选徒弟了，这孩子，是上辈子积德了，有这门手艺，这辈子吃不穷了。心计重的父母还会借机教育教育子女，虽然子女们的耳朵起了不知有多厚的茧子。

徒弟们要熬下三个夜晚，过了这三关，方才算有了徒弟的名分，要如此勤奋艰难地熬上半年，将整套的手艺学到手，才算真正熬出头。如果徒弟坚持不下来，或者只会卖傻力气而不晓得动脑，那最终仍要被清理出门户，取消这徒弟名分。

刘一刀的口头禅是"不受苦中苦，哪来甜上甜"。还有一句：人有享不了的福，没受不了的罪。

跟他打交道，人们都极容易感到乏味和无聊，但你又不得不承认他是最容易正确的那种人。他说话正确，似乎他说的做的永远都在真理那一边。他是那种认真得有些可怕的人。乡里人管这种人叫"一根筋"，是一条道跑到黑、永远都有老主意、永远都不服输的主儿。换别人，马上会说这人是个"犟死爹，犟死娘，犟死祖宗命不偿"的"拧种"。但论到刘一刀，不得不小心地寻些理由为他开脱。因为，恰是因了这种犟，他方有了刘一刀这个美名，有了那前后两进装修赛过城里人的大厦房；也因了这种犟，许多聪明人难以干成的事，让他刘一刀轻而易举地办成了。

刘一刀往这儿一站，你就是不服不行。

小时候，他脾气大，犟得不行。和小孩子吵架，如果对方打了他一下，他就是追到天边也要还回来。还不回来便追到人家家里，当着人家爹娘的面，不吃不喝，狂吼乱咬，一副拼命打死架的劲头。有时候，父母为平息他的怨气，不得不偷偷背后给人家说好话，替他儿子还那一拳一脚的债。爹娘在他面前更是不敢轻易许诺，因为一旦许诺应验不了，儿子便会不依不饶，闹得鸡犬不宁。

所以他从小便是孤家寡人，没有伙伴。初中毕业回家，他无事可做，父母给他找了瓦匠师傅。那师傅早知他犟，有意为难，便以三关相试，并说他不是干这行的料，不如早早回家。他把眼一瞪，说没我闯不过的关。果然，他不但过了关，而且心计颇佳，善琢磨，不到一年，他便不用吊线就能将砖墙垒得笔直，比干了四五年的师兄们垒得还刮净、还漂亮，反而一跃成了让师傅最能夸嘴的左膀右臂。更没想到的是，他对这一行渐渐上瘾、入迷，一天不摸瓦刀便全身难受。由于垒墙时常用些半砖，平常瓦匠用瓦刀背砸砖，砸得有大有小，主人家心疼，很不满意，常会发生口角。他就暗下决心练好这种刀功，既然切肉有一刀准，为什么砍砖不可以有一刀准？所以，在四年多的时间里，他用坏了几十把瓦刀，每天夜里，他都在反复地砍砖，细心揣摩下刀的角度、力度。由于是在夜里叮叮咣咣地响个没完，开始邻居们有点怕他那驴脾气，不敢吱声，后来实在忍无可忍，不敢直接找他，就找他父母告状，这次，他倒没上脾气，除了登门去给邻居们道歉说明原因，讲些道理，还是该干啥还干啥，只是在不断地琢磨着尽量不让自己砍出的声音那么难听。后来，他砍砖的声音逐渐变了，变得轻重缓急间隔、抑扬顿挫得好像是鼓点的节奏，下刀虚实相间，甚是好听。终于，他可以一刀下去，整块砖立刻应声而开，像刀切豆腐一样。这样的功夫，让他师傅也口服心服，他没想到，徒弟能将这门枯燥的手艺发挥到如此地步，就送他"刘一刀"的绰号，为他打开局面广造声势。

刘一刀的几十把瓦刀一字儿摆在一间房的大案上，只有他的徒弟们，才能一睹那些几乎磨成一根铁板的瓦刀风采。

最不可能的，刘一刀把它变成了最有可能的。最枯燥的，他又把它变成了最有趣的。"看刘一刀干活，是享眼福哩。"人们都这么说。

/ 会飞的老马

马胖翔他爹是个瘦子——有名的瘦子，高高的个子，像根细长的麻秆，大伙都叫他瘦子老马，但我们一干人等，都叫他会飞的老马。

因为胖翔总给我们吹，说他爹又在飞了。

胖翔是个有名的胖子，像个球，在我们这一伙人里是个铁定受气的主，我们玩游戏总是让他当坏蛋，而且他腿短，跑得慢，动不动就被"八路军"给架起两只胳膊活捉了，"批斗地主"也挺让他难受的，但就这也算是给足了面子，要不然就黄花菜一个——稀凉，一点事儿也没有他的，他觉得很憋气，总想找个什么事能扳回面子，让我们也听他一回。于是有一天，他对我们说："我爹会飞。"

我们像看黄毛洋鬼子一样看着他，这家伙不是疯了就是有病了。"你爹又不长鸡毛，扑棱着鞭杆胳膊从炕上往地上飞呀？"老九的话脆生生的，让我们乐得哈哈大笑，东倒西歪。

"你爹才长鸡毛从炕上往地上飞呢。"胖翔看我们都围着他看，来了精神说，"我爹站到我家老枣树上飞，一下子就飞到了南墙上。"

他家是有一棵老枣树，有两搂粗，在西窗户外面，从那棵老枣树到南墙有七八米远，真能飞过去那就神了，怎么飞？挓挲一下胳膊还是蹬一片云彩？

"吹牛！"我们一致评论道，"有能让你爹飞给我们看看。"

"那有什么难的，我让他飞他就飞，你们明天上午来吧。"胖翔拍起了胸脯。这家伙从不打诳语，莫非真的会飞？我们心里像揣满了小兔子，抓肝挠心的。

好不容易盼到天亮，我们聚到胖翔家里。

"这有什么难的。"胖翔他爹老马满不在乎地说，"我常做好事，积了阴德。有一天做梦太上老君送给我一朵脚蹬云，我就是踩着那朵云到老君那儿混了顿饭吃，你知道我们吃的什么饭？四喜丸子五花肉，牛肉炖豆腐，肥肉膘子四指厚，咬一口肥油一滋老远。满桌子都是好东西，那只小母鸡那个嫩、那个香啊。我一看，现在不吃还等何时，就甩开腮帮子可劲造吧。"

这些虽好，可我们更想看看那脚蹬云，看看他抡挥着两只瘦胳膊怎么飞。

"这有些麻烦。"老马挠挠头皮说，"那脚蹬云在天上，我得准备停当念动咒语才会来。而且你们只能听不能看。"

我们顾不了许多，按老马的吩咐先打扫了他家的院子，捡清了坷垃和杂物，又垛起了一堆柴火。安排停当，老马拿给我们一人一把破荷叶扇子，让我们盘腿静坐。一声令下，我们双手摇扇，眼睛闭紧，等他再喊好时，他已经爬上老枣树，还真的从枣树上飞到墙头上。只是我们只听得"呼啦啦"一阵树枝响，睁眼时，他已站在墙头，脸上有两道血印子。

我们惊奇之下，一再让他再飞一次。他不干，说刚才那一下子已得罪了太上老君，白天是不应该用脚蹬云的，可为了你们，我用了一下，脚蹬云就飞走了，这不，临走还划了我的脸。

我们不敢造次了，神仙怪罪可不是闹着玩的。但最终遗憾不已，没能看到他是怎么飞的，没长鸡毛，也能像鸡一样飞吗？老九说他偷睁了一下眼，看见树枝在晃悠，兴许他是抓住树枝荡过去的。但我们马上说，枣树枝有刺，那么扎人，再说又那么远，也荡不过去呀。老九一想，也没词了。

最终，这成了一个永远的谜。

但胖翔一下子牛了起来。一干仗，他会破口大骂，骂不过我们他就会吹他爹会飞："我爹会飞，你们的爹会飞吗？绑着鸡毛也飞不上墙头。"我们就会一下子没词了，因为我们大家的爹没一个会飞的，而且是从树上飞到墙头上，那么远。

我们和好了，做游戏胖翔也不再受气，那坏蛋也不再是他，我们甚至有些巴结他，因为他爹有脚蹬云，他爹会飞。

如今我们这一干人等都三十而立了，干什么的都有，可数马胖翔最牛。他高中毕业便回家，学过修理电视和驾驶技术，后来有个亲戚在济南大商场卖家电，他可以先赊再卖，不拿现钱，结果发了。如今已有三个分店，小车豪宅都有了，还在疯狂地干。

有一次小聚闲扯，他在开玩笑时脱口来了一句："我爹会飞呀，他儿子比他飞得更高才对呀。"

我们不禁默然，他爹，那个黑瘦瘦的老马真的会飞吗？他脸上那两道清晰的红血印子又出现在眼前。

但不管怎样，他爹会飞这个事实我们整个童年时代都坚信不疑。虽然这坚信有点模棱两可。而童年，对一个人的一生影响多大呀。

/ 白话王

白话王大号乜孝先,外号多多,除白话王外,尚有白话、也白话、乜铁嘴等等,数量甚为可观。

白话王姓乜,一个极为古怪的姓,这也注定他极容易在周围一带单门独户。乡人初时都以为他姓聂,等黑字落在白纸上,才大吃一惊:"百家姓还有'也'的呀?"一脸发现新大陆的夸张表情。"你才姓也呢!"乜先生很不满,说,"你们看清楚了,是'乜'不是'也',这两个字还相差一笔呢,怎么样,知道我的姓也给你们长学问,这学问大了去了,以后瞪大两眼紧着尾巴骨好好学着吧你,虚心着点有的是学问让你们学。"

这一顿抢白让人很窝火憋气,但把人家的姓弄错了,换了谁也不会干,窝火就窝火吧,先忍着点,以后有机会再说。

但乜孝先再没给村人们找回面子的机会。别看他在东北就倒插门做女婿，又随着老丈人一家迁回老家，在村里他却一点生分的感觉都没有。他在丈人门上混日子，全没有上门小女婿的缩手缩脚，相反，他是丈人全家的主心骨，大事小情都离不开他，不单如此，他的儿子姓的也是他的"乜姓"。有人就背后点化他丈人，说如此一来不是赔本赔大了。他丈人一笑，说："这孩子脑子活，是个人物，能给我们做上门女婿就是烧高香了，有了孩子姓他的姓也是应该的。再说，他给我们养老，我们就知足了，这些小事再在乎不是太过分了吗？"

　　啧啧，听听，村人们就一脸羞红地没词了。

　　时间一久，人们才惊奇地发现，这家伙果真是个人物，方圆几十里也找不出第二个来，他肚里的花活真的多了去了。

　　他有一绝，就是说。

　　他可以不停地说，白天说，晚上说，吃饭说，睡觉也说，有人说，没人也自顾自地说。他的表情也极其丰富，慷慨陈词地说，庄重严肃地说，嬉皮笑脸地说，眉来眼去地说，语重心长地说，推心置腹地说。他的嘴巴像自来水的水龙头，拧开开关不关上就会哗哗啦啦地流个不停。他丈人一家八口人没一个人出来反对，因为他们一家人话都少得可怜，是那种三杠子压不出一个屁来的"老闷蛋"。他儿子也是如此。村里人说他一个人把他老乜家祖宗八代的话全说了。他则自鸣得意地说是祖宗八代的坟上就冒了他这一炷青烟。

他刚到村里不久，有烦他的人送他"乜白话"的绰号，"白话"在鲁西北方言中是特别爱说的意思，略有贬义，是说废话太多招人烦。有次他有信来，邮递员满村里打听"乜孝先"，问到他，他却不吱声，村里人憋住笑，给邮递员指点，那邮递员是个刚上班的小青年，刚要对他发火，却被他扎扎实实地教训一顿，最后脸红脖子粗地去了。有人觉得邮递员的过错也算歪打正着，给大家出了一口恶气，顺便再提他时，一律叫作"白话王"。

村里有一恶妇名冠乡里，平时丢瓜少枣，有了窝心事，习惯站到街口叫骂出气，嘴巴子也利索得很，少有人敢于招惹。这日又去出气，"乜白话"看不过，玩笑似的与她搭话，话不投机，转眼成了目标。但"乜白话"不慌不忙，与她对阵，两人一个恶语相向，一个绵里藏针。"乜白话"没骂一句脏话，却把那恶妇说得一文不值，臊得她脸上红一阵白一阵，一个中午下来，那恶妇竟无话可说，只会嚷嚷："我的天啊，这日子我可没法过了。"最后在众人的哄笑中被男人拉回了家，从此再没站过大街，说话也变得柔顺了许多。有人说，那男人事后偷偷请过"乜白话"一次，说谢他帮忙，把老婆教训好了。当然这只是传说，姑且听之。

而"乜白话"变成了"乜铁嘴"，却是事实。村里人见他出语不凡，有理有据，又将谁也招惹不得的泼妇说得威风扫地，一蹶不振，感念之情及好感油然而生，再与他交往，话语间竟多了尊敬。乡人不怕打架，却最怕与泼妇对阵，现在有人能轻而易举地杀了她的威风，那份豪气简直不亚于"打虎英雄"。

渐渐地，村里人有了难解的事，像家庭矛盾、婆媳不和、邻里龃龉、说媒及婚丧嫁娶，都请他去坐上一坐，他把一张利嘴打开来，直说得天下太平，当事人眉目舒张，一团和气。话是解气的良药，开锁的钥匙，眼见得他出东家入西家，摆平了一件件搅心挠头的烦心事，村人们开始信，他不但是老乜家祖坟上冒出的一炷青烟，就是对全村人，也算祖辈有德，来了一个让人心服口服、安心过日子的"主心骨"。

"白话王"由此才名正言顺，成了乜孝先的正式名号，相对于"乜白话""乜铁嘴"，已完全没了嘲弄挖苦的贬义。它是一种尊重，更是村人们发自内心的一种敬意。

白话王嘴巴活，头脑也活，他当过"牛羊经纪人"，擅长与人把手抄在袖筒里捏着手指讨价还价。因为名声好，他的买卖很大，每天骑一辆声音很大很响的小摩托奔走于各个牲口市场。近几年，由于乡村大棚菜飞速发展，运输交易成了头等大事，他便及时转行，坐地收菜，与各地来的商贩频繁来往，腰包也鼓起来了，天南海北地也常出出差，到各大城市"考察考察"市场。他很忙，找他很不易，但村里人找到他，他总会抽出时间满足村里人的要求。如今，他也是手机、电脑全部武装起来，听说，他准备买车组车队，要大干一场。

去村里打听打听白话王，甚至外村人，再甚至他的同行都会毫不含糊地跟你说："你说白话王啊，这个人，没说的，能人好人都算一个。"

能让村里人这么说，就是对一个人最高的评价，让村里人说好，非常不容易。

但对白话王，是个例外。

生活备忘录

在平原，于我而言，诸多熟视无睹、习以为常的事件和事物，常常会在某个瞬间，忽然就以闪电的方式楔入记忆，成为我平原记忆的一部分，再也无法泯灭。于是，我开始不断地记录……而这些记忆，又会在某个瞬间，因为某个不相干的感受被激活，从而一生二、二生三、三生无限……我的平原从此生生不息。

／瓦在民间

　　如果时光在人间留下了一些气息和韵味，我以为，在民间沉睡的屋瓦应该是最好的证明。当我们在民间行走的时候，看到最多的，最显眼的，当数那些连成片的屋瓦。红色的屋瓦，成片的屋瓦，时光中醒着的气息在视野里不间断地弥漫，民间的温暖就这么悄然来临。

　　瓦，是清脆的音节，流动的情绪和闪耀的光芒，你在民间可以看到这些精灵，它们经由煅烧和淬火，保持着一种欢快而矜持的姿态。檐雨叮当，连接的是对时光的关注。你在屋子里静静地听窗外的檐雨滴答，散漫的心情在这个时候能够悄悄地聚集，从来不注意的细节开始进入视野，屋瓦上的噼啪滴答声如此清晰地连绵不断，怀旧的心可以自由徜徉在故旧的片段里……那些人，那些事，那些好像已经忘记多少年的细节，现在就在雨声滴答中浮现出来，留恋中忽然惊醒：原来那些从前的日子可以如此的动人。

而这些，常常都是因为漂亮的屋瓦在屋外收集、弹射出了叮当的声音，营造出了温馨、空灵的氛围，我们才能逐渐产生这些美妙的幻觉。

生活在城里有十多年了，城里的楼顶除了水泥还是水泥，冷冰冰的，看得人心寒。于是就更加怀念老家的屋顶，那一片片的红瓦连成一片，看在心里是暖烘烘的熨帖。有时候站在六楼的窗口，看着外面连成一片的灰蒙蒙的楼群，总觉得，自己多年来的生活，就好像这六楼的窗口一样，是悬在空中的，没有地气相连，明显地就没有了鲜活的气息。

一直喜欢在回老家的路上四处张望。树木繁茂的地方，必有成片的屋瓦从树木缝隙里闪现出来，房屋看上去高大、乖巧，充满恬静的生活气息。屋瓦一块块静静地铺陈着，没有哪一块会张扬所谓的个性，它们严丝合缝，为房屋的主人抵挡风雨和严寒。

于是就想念屋瓦，老家的屋瓦，它们在我的记忆里是红色的，闪耀着微妙的光芒。它们此起彼伏，却又独撑一片天，安静、祥和地静立着，如同传说中的隐士，大气，厚重，无一丝一毫的浮华和嚣张，隐约之中是一种天人合一的神韵。

瓦在空中，是红色的瓦。你站在村子外面，向村子里张望，可以看到成片的红色，那就是瓦。看到红色，不管是下地干活的人，还是外出的人，心里一热，踏实的心情就这么悄然来到了：家到了。

屋瓦在家家户户的房顶上，经过风吹日晒，颜色稍微有点暗红，但看在眼里，是很舒服的颜色，尤其上面下了雪、落了霜，或者是晒了棉花、玉米、地瓜干，都给人一种无限充实的踏实感，甚至有很强烈的食欲。

青瓦实际已经很少见了，偶尔有一家的某个墙角上或者是屋脊上有那么几块青瓦，就很惹眼。村里李铁奶奶的屋脊中间有一块奇怪的瓦，它不是平常的瓦，而是立起的小柱子，上面盘着一条青龙，这一直是他们一家的骄傲资本，据说，年代很久远了，是他们祖传的宝贝。我们平常人家的青瓦，大多都是弧形的小块的青瓦，而且数量都很少，家家都是大块的平板形红瓦。

其貌不扬的平板形屋瓦给我的印象却是一种家的踏实，更是一种家的温暖。看到屋瓦在阳光下闪烁，就有美好的想象。

老家的房子正好与我同年，我正在所谓的风华正茂的时候，老屋却已经是老态龙钟，摇摇欲坠。有那么几年，每到风雨季节，我们一家总在提心吊胆中度过，因为每逢这个时候，老屋总会漏雨，我不得不每年都爬到房顶上去看看，找找漏雨的地方，但是，奇怪的是，我总是找不到哪个地方漏雨。为此，我大伤脑筋，只好要么用泥巴仔细地抹上一遍，要么盖上块塑料布。后来一位懂得盖房子的亲戚来，他站在院子里仔细地看看房顶，然后说，你去把上面的那块瓦换换，它翘角了。我有点不信，每年我都上去看看的，但从来没发现哪块瓦出毛病。在怀疑中我爬上房顶，结果，在亲戚的指点下，找到了那块翘角的屋瓦，原来是这块瓦烧制的时候走了形，边角上翘起一点，在房顶上是一点也看不出来的。我重新找了块屋瓦换上。在以后的岁月里，我的房子真的再也没有漏过雨。

几乎千篇一律的屋瓦，一块和另一块基本上看不出有什么区别，现在的屋瓦，都是机制的，可以说是一个模子扣出来的，但是，稍微有点走形，或者说其中的一块有了一点自己的个性，立刻就使几百几千块屋瓦失去了作用，变得形同虚设。人们常说，一个人很平凡很平常，走进人群，就再也找不到了，如同一滴水掉进了大海，再也看不见踪影。但是，我要说，正是因为看不见，才使无数的水滴形成了声势浩大的大海。

　　民间真是一个大而化之的话语系统，屋瓦如人，如我平常且恬淡的乡亲。是他们在民间，支撑起了我永远的怀乡之梦和冥想之情，且时光愈久，愈见其浓烈。

　　在追求个性已成时尚甚至有些疯狂的时代，我总是无端地怀念这些没有个性的亲戚。因为没有个性的存在，便形成了一种集体的力量，有了集体的力量，才有了我们温暖安全的房子。因此，在以后的日子里，我总是对这些"一个模子扣出来的"屋瓦有一种感激式的偏爱。看见某个房子顶上整齐划一的屋瓦，心里的欢喜总是难以言表。

／月亮地

一阵细风跑过，树叶子唰啦唰啦响起来。从村外的树荫下看过去，似乎银白的土路上飘过几缕影子，既而那几堵月亮地里的墙山上落下几点蝉鸣，点点滴滴奔一片树林子掷去，如同有人甩过去几粒带着泥水的石子。

"汪"，是谁家的狗粗声粗气地叫一声，本来想听听究竟是哪家的狗闲得发慌，能痛快地连带着数算主人几句，却不料没了下音。只能遗憾地作罢。

在月亮地里的小桥上乘凉，到处都是很稀的月光，出点响声是很令人舒服的。桥下的河水黑白间杂，白的银亮，黑的地方也黑黝黝得发亮。因为几只青蛙的鸣叫，连带着整条河里的青蛙叫起来，长短、粗细、黑白间杂，理直气壮、探头探脑和奶声奶气互补，听起来跟村里的人一样，只要有人这么一说，仔细琢磨琢磨，确实是越听越像，就互相得意地笑起来，明天的话题，肯定有了打趣的对象。

仍然还是高大的树林子里有趣。好奇的孩子们这个时候都战胜了恐惧，去黑灯瞎火的树荫里捉蝉蛹，为了能多捉几只，宁愿单独行动。这个时候，地上、树干上、树叶上沙沙啦啦慢条斯理爬着的，都是那些还穿着外壳的蝉蛹——静下来听听，只要听到响声，顺手摸过去，准保能摸到一只爪子坚硬、有力、扎手的小东西，在手心里痒痒地爬。不过，孩子们都喜欢这样的痒，这是心花怒放的痒。然后小心地放进瓶子里，这些不老实的家伙在里面张牙舞爪，四处乱爬，互相不管不顾，结果纠缠成一个团，辛辛苦苦钻一个晚上，还是待在瓶子里，脱壳的梦就永远停留在这个小瓶子里了。

月亮在空若无物的天空上飘着，那些云朵，像流水一样被撩拨到一边，再快速地散去，接着回来、组合，像小桥上乘凉的人始终胡乱地摇着扇子，有风没风都摇着，好像摇着就能心安。细风有点凉了，凉到心里就像放了一根慢慢化开的冰棍。小桥下有很多说不上来的虫子在叫，与桥边主稼地里的虫子遥相呼应，点到为止。偶尔，水里一条耐不住的鱼，或者庄稼地里的一只兔子，一只狐狸，甚至，出来探路的一只刺猬，弄出点动静，让人为之眼睛一亮之外，大多数时候，大家都泡在虫子们和青蛙们的鸣叫里，如同泡在半透明的月光里。

然而，这些都还不足以令人心怀激荡。

吸引人的，还是藏在庄稼地里的瓜地。那些甜瓜、脆瓜、西瓜，那些甜蜜的风暴，在白天就开始从心里刮，刮到东刮到西，最后刮得眼前都是瓜的海洋。找最好的朋友商量，一起去做个小贼，虽然这名字在心里犯嘀咕，但是禁不住那甜蜜的风暴，就一起从晚饭桌前提前退场，名义是捉蝉蛹，中间却拐上了去庄稼地的小路。

小路上月光浮浮的，白天蒸腾上去的地气，现在都化作了露水在草叶子上凝聚，蹚一脚就能感到舒心的凉。唰啦，唰啦，脚下的声音让心里七上八下，小心地摁住脚下的声音，尽量不让它发出来。那些瓜的云烟，在眼前蔓延，甜的云烟，脆的云烟，这心里，比藏了几只兔子还闹心。

悄悄地从庄稼缝隙里钻过去，尽量不出声音。

事实上，家里并不缺瓜。可是，买来的总不如地里亲手摘来的那么吸引人，尤其是，在这样的月亮地里去摘个别人的瓜，那滋味就格外地舒坦。被大人们骂过发贱，但想想那瓜，那滋味，贱就贱吧，感到很值得。

瓜地都在庄稼地里面，周围的庄稼把它们藏得严严实实。但是藏得住影子藏不住香甜。只要去那附近的庄稼地里拔过草，就再也禁不住口水和向往。

瓜地里有人在看瓜，没有点灯，月亮地里那人对着月亮傻呵呵地望着，似乎那就是一只瓜，一把破荷叶扇子在手里呼啦呼啦地胡乱呼打着，好像是在呼打蚊子，又像是在呼啦风。趁他傻呵呵地那么发呆的时候，几个人悄悄钻进瓜地，地上已经潮湿得很，虫子们受了惊吓，四处乱蹦，但是只要小心，不把瓜秧子弄出声音，那个傻呵呵的人就听不到。终于找到一只大的，伸过鼻子闻闻，哈，香、甜。就迅速地用带来的小刀将瓜秧子割断。不敢摘多了，西瓜只摘一个，甜瓜和脆瓜摘俩，回去都能尝尝。然后，悄悄抬头，看看那个傻呵呵的人，接着，悄悄地往回退——只要进了庄稼地，就万事大吉。

但是，这一次，就在抱着瓜马上要到庄稼地边的时候，耳朵边上忽然响起一声炸雷："小王八蛋，这回没跑了……"立刻，全身汗毛都炸起来了，脑子里一个忽悠，整个世界瞬间颠倒了，所有提前想好的那些应对方法全成了糨糊……本能地，双手一抖，手里的东西飞出去，脚丫子自作主张地弹起来，如同失控的斗牛，撩开脚丫子狂奔起来。

庄稼地的玉米叶子，在耳边左一刀右一刀地闪过，猫着腰，满脑子都是快快快，什么都听不见，只能听见自己的耳朵在唰啦唰啦嚯嚯地跳，眼睛紧闭着，只要不划到眼睛，只要不被抓住，只要不被告到家里，那就跑吧，跑到早晨也不怕，浑身的劲似乎永远都使不完。

等终于停下来的时候，浑身已经湿透了。幸亏，大家都有预谋；也幸亏，都知道不往自己家的方向跑；又幸亏，大家都知道来这个地方聚齐。只是见面的时候，大家都挂了彩：身上，脸上，被划了一道道的，汗水一浸，火辣辣的，腿脚这个时候是被抽空的袋子，软耷耷地拉不动，还有，每个人似乎都少了东西，小刀掉了，鞋子掉了，摔了几个跟头，膝盖上弄满了泥，甚至有人的脸上也弄了泥——一个不注意，一头钻进了小水沟里，至于，那个傻呵呵的人什么时候站住并回去的，就跟他什么时候忽然站到大家眼前一样，是每个人都不知道的。

虽然，什么都没弄到，还丢了东西，好在，那个傻呵呵的人没有认出来，我们没有被抓住。丢了的东西也不要紧，明天来拔草的时候大家慢慢来找就是了。

于是，大家骂着看瓜人，在月亮地里惆怅地走回家去。这个时候，天空还是那么亮，知了们忽然一声尖叫，从一棵树仓皇地奔向另一棵树。家家似乎都已经安睡了，因为没有一家的灯是亮的。身上的汗水似乎没了，已经感到了些微的凉爽。故意走在有草的地方，听到脚上破碎的露珠传来丝丝的凉意，唰地奔向头脑和四肢，就感到无比的清爽。

渐渐地，大家忘记了刚才的不快，忘记了看瓜人的可恶。银盘似的月亮挂在天上，像一只甜瓜、脆瓜一样诱人。夜色已经很深了，大家都有些想家了。

一个梦破了，就回家接着做下一个梦。踢踏，踢踏，大家依次回家，想着怎么编个没有捉到知了还丢了瓶子的可怕的谎话，然后，躺到床上，呼呼地睡到天亮。

还有好多梦可做呢，在这个凉风吹送、月亮光光的晚上。

/ 阴影

小时候，我喜欢追赶深秋的云影。那时天高气爽，大地湿重，天上常常蓝得让人心慌——那天空太纯太蓝了，是让人没抓没挠、心里空荡荡不知所以的蓝。渐渐地，一些云丝被风吹到一起，像一把笓子搂起来的一抱柴火，但风又起了——这在秋风是再正常不过了——于是云朵拖着地上的一块影子，飞快地跑起来。

这时，我就喜欢追那团影子，它飞快地跑，越过沟坎，越过草垛，我就一直跟着，直到被一座房子或一条大河迎面拦住才罢休。我能看到那块云影像块绸子无声地滑过草坡、小树和沟沟坎坎，还有成片的庄稼，但最终，它又被吹成缕缕丝丝，影子也消失得无影无踪。

我喜欢在飞奔中将一片阴影追得烟消云散。整个童年，不知有多少云影被我追得七零八落，上朵不接下朵，在跌跌撞撞中不知所终。

就算云影阴凉，就算起初的云丝洁净如雪，可我仍不改初衷。我不明白，是不是许多的白加在一起就是乌黑的一团？弄不清楚，为什么挺白的东西聚在一起便越聚越黑，直至高立突兀，恶相丛生，甚至隐隐中杀气森然，让人心惊胆战、呼吸困难。

如果这种举动是一种罪恶，那我的童年完全能够算得上"十恶不赦""罄竹难书"了。再按因果报应归类，我后来的频频被阴影所追，也未尝不可算阴影们"君子报仇十年不晚"的一种报复和"践约"，如果童年对此有知，我定当少追散几片恶云，转身去追一只芦花小鸡或一只短毛笨狗。

但悔之晚矣。小学五年级时我便被一片阴影撞了后腰，我第一次看见了死亡的阴影。

那是一个大风鼓荡的下午，我们课后都在风中狂奔，在飞奔中我击飞的石子伤到了"大个子"的眉梢，他被送到村诊所后，我开始在班主任的训斥中感到死亡的逼近："他眼瞎了怎么办？得了破伤风怎么办？你得赔，赔不上就赔命。"我感到了恐惧，这种恐惧到晚上成了噩梦，我在梦中看到了"大个子"的葬礼，他娘被人架着，呼天抢地要死要活，我则被丢到墓坑的黑棺上活埋……还好，第二天便没事了，"大个子"护犊子的娘也没找我讨个说法。事实上，如果第二天仍没有消息，我也许真的会按班主任的暗示提前自我了断。因为，我真的受不了那个噩梦连连的夜晚。有位作家曾说，他少年时有一年下水游泳，摸上来一个装死尸的麻袋，他就一下子成熟了。我极为赞同，一个人的成熟，多数是和死亡相连的。残酷往往在一瞬间教会我们一切。

上师范时阴影再次来袭。我因鼻窦炎打青链霉素针剂，双耳嗡嗡作响，去看校医，校医是个嗓门尖细脾气粗暴的女人，她说："你完了，这叫药物中毒，百分之九十九的会变聋，那百分之一是维持现状。"我于是连夜去了北京，扎过满身的针灸，吃过近百服中药，最后只做了个小手术就好了。万幸我没有什么药物中毒。如果算收获的话，便是我曾在鲁迅文学院门口有过幻想。事实上，七年后，我的幻想终于变成现实。从这个意义上说，我应该感谢那个校医，没有她的恫吓，我便没有那次北京之行，也许我的后半生将是另外一种样子。因为正是这次外出，我在北京见到了另外的生活，看见了另一片天空。是这种生活让我有了奋斗的勇气。也是从此，当我再遇到女校医那类嚣张、武断、自负、狂傲的嘴脸时，就会想到这个收获。心里也有了温暖感，于是，平静、平淡地躲过了这种蛮横粗暴的伤害。

在毕业等分配的一个中午，在县城大街的烈日下，一个亲戚忽然神情古怪地对我说："你婶子没了，在医院里，刚才。"我愣了，高大健壮的婶子，说没就没了？怎么会？那个中午，医院空荡荡的办公楼楼梯上，我坐了好久，在那个河边上的太平间门前转来转去，我都没能想通这件事。这种感觉，在1997年陪母亲去北京动手术时更明显，我们一直等母亲做完手术近一个月才回家，因为母亲恢复得快，她甚至能和父亲去遛大街，去看望父亲的老同事，两个月后，我们在家里把一切都准备好了：被子也晒了，炕也换了，母亲要回家了，我们满心欢畅地等着母亲回家。但弟弟突然呜咽着打回电话：头天晚上，母亲突然病重，整整抢救了一夜，可仍没能……直到许多年之后，我仍不能接受这个事实。每次回老家，朦胧中又看到母亲笑着进了家门，我的泪水就这样一次又一次地流下来……

毋庸讳言，我们都是普通人。我们卑微、平淡，甚至自私。我们依赖亲情、家庭、友情，渴望富足。但是，这些都不是永远不变的，它们的消失像一片片阴云，从我们头顶掠过，投给我们深深浅浅的阴影。

一个人的成长的确是个云朵堆积的过程，童年的瓦蓝瓦蓝的天空渐渐地就有了各种各样的云朵，直到最后堆积成乌黑的云山，却忽然变成布满洞眼的筛子，倾泻下狂风暴雨。我们看到我们所依赖的一切总是在突然之间就倒塌了，依赖性越强，打击便越重。我见过一个一半身子拖着另一半身子在街上"闲逛"的人，他一条腿"悠"过来，然后，愣一下，把剩下的另一半"带"过来。有人告诉我他曾手握大权，脾气暴躁，动不动就给别人好看……我忽然像一下子释然了，像我童年狂追云影一样，如果他知道现在在大街上遛个弯儿，也要让满大街的人"好看"一番，他当初肯定不会那么底气十足地把玩别人的尴尬、无奈和难看。

　　人这几十年，在各种夹缝中讨生活，本身就是个"漏洞百出"的过程，这很像"种豆得豆"的过程：你扔出了鲜花，一转身几十年后肯定会有个春天等你；相反，你扔出了石头，这块石头转个十年二十年回来了，也许就在某个瞬间，和你迎面相撞。

　　于是，伤痕累累中，我们更怀念一种温情。我们总在生活的乱石丛里寻找那些充满温情的花朵，我们会永远记住那种呵护、照顾和体贴，一有机会，我们便会回报出整个春天。

　　"滴水之恩，涌泉相报"，小孩子都懂的道理。这也是我们赶散阴影、抗拒伤害的最好办法。

/ 秋天的村庄

　　九月的村庄显得纯粹而清净，如同洗干净的一段白藕放在水边上，湿漉漉地闪着温润的光芒。一种母性的温柔风一样到处流溢，使得雪白的墙壁、深红色的屋瓦、浓郁的绿叶、到处游走的不安分的小狗和四处寻找食物的小牛，都在天光下透出一种散漫而真切的意蕴。微凉的细风吹过，淡淡的忧伤夹杂着淡淡的怀旧情绪，从那些触目所及的事物上扑面而来。

　　进了九月，就像看到下了车的新娘子，一切都是新的。这样新鲜的光芒把周围的一切都照得焕发出新鲜的气息。曾经在夏天里经常如同瓢泼的雨天，现在都变得细小且连绵，所有的东西都被冲洗得干干净净。白墙红瓦在阳光下显得更加清新，好像刚刚刷了新涂料。高大的屋脊在远天的衬托中有着迷人的曲线。雪白的棉花已经开始在一些屋顶上铺开，去上面翻晒棉花的人完了事还不肯下来，要么双手叉腰，四处观望，要么站到屋脊上和邻居说说庄稼，扯扯闲话。从地上望去，他们好像变了样子，变得面目可亲起来。

九月的天空高远宁静，瓦蓝的底色上是一缕缕绵延不绝的白云，像水一样流来流去没有定形。它们忽聚忽散的造型，常常吸引得孩子们大声说出他们的新发现，他们常常为了某朵云彩究竟像什么争论不休，而这样的争论又常常没有什么结果。拿到大人那里也常常不了了之，而且还会被训斥一顿。所以孩子们多数都会通过打赌自行了结，于是，很容易就可以听到孩子们一次又一次地尖叫。周围看热闹的几只狗，几只鸡，一群鸭子，还有谁家跟着小主人出来的小牛，也跟着起哄，叫喊声此起彼伏，乱糟糟的场面要持续很久才会静下来，但不久，又开始了。

在辽阔的蓝天下，在九月的村庄里，你的忧伤常常不请自来，常常突然得莫名其妙。这是个最容易怀旧和最容易温柔的季节。谷场上，新鲜的草垛又高又大，金黄色的麦秸垛上顶着还没干透的泥帽子。黄泥小路上的树影显得绵长而深重，走上去立刻感到了清凉。太阳的光芒这时候明亮而不刺眼，这使一切都显得立体而明净，看他们那种若有所思的样子，如同刚刚换了一身新衣的孩子，在兴奋中保持着沉默，在沉默中又藏满了心事。

九月的大地地气湿重，八月里还坚硬得浮起尘土的小路，现在都变得柔软而富有弹性，走上去会觉得脚下轻松而有劲，好像一下子年轻了许多。那些平时懒散惯了的鸡、鸭、猪、狗现在都喜欢跑到大街上撒欢，一只兴奋过度的杂毛狗在飞快地绕着圈地狂奔，肮脏的尾巴拖成了一条直线，累得伸出鲜红的舌头，呼呼直喘也不停歇，主人骂它"神经病"也不在乎，直到一不注意，一下子冲到了树荫里，哧溜一声，摔了个四脚朝天，才慌不迭地爬起来，走到大路上使劲地抖着，企图把那些泥巴抖下去。主人被逗得哈哈大笑，这样的笑声对这个惹祸的家伙竟是一种鼓励，它甩甩头，一改刚才低眉顺眼的不好意思，转而把一群鸭子和几只鸡追得咕呱乱叫，四散逃奔，它终于觉得自己借此摆脱了刚才的尴尬，跟着主人昂首挺胸，如同披着半身黄甲，牛气十足。孩子们更喜欢在这样的小路上玩闹嬉戏，抢着硕大的扫帚扑蜻蜓，摔泥巴，逗蛐蛐，或者唱儿歌。一头几个月大的小牛，瞪着水灵灵的大眼，看不懂这些把戏，就在旁边跑过来跑过去，想引起孩子们的注意，被骂了，就站住，想想，不明白，就再来。它低头奔跑的样子，很像它的那个七八岁的主人。

村庄在秋天变得婉转而细水长流，如同一个母亲在哼唱着一首儿歌，悠扬、模糊、温柔而恬静。你在这个季节里可以很自由很单纯地走来走去，庄稼地里早就锄过了草，浇过了灌浆水，丰收在望，该忙的事情都已经忙过去了，需要的忙碌还没有到来。你现在需要的只是在田间小路上到处走走看看，小路上的青草浓绿茂盛，里面总是出其不意地跳出来一只青蛙或者蟋蟀，它们甚至不太在乎你的出现，它们跳出来，原地愣了愣，好像在调整情绪，然后一转身就不紧不慢地跳走了。当然，你现在也是根本不在乎的样子，甚至对它们的出现没有反应。你仍旧在浓烈的庄稼混合气味里大口地吸着气，这样的气味沁入心脾，让人肺活量大增。你可以看到到处是高人一头的玉米、高粱，成片的看不到边的大豆和新鲜得叶子都支棱着好像一碰就断的青菜。

你到处走走看看，并不是为了要再去忙点什么，事实上，现在你也没有什么事情可忙，所有应该忙的都已经忙完了，应该做的都已经做完了，你需要的就只是等待，只是看看，看到心里十分踏实和欣慰的那种。在丰收将要到来的时候，已经没有什么事情可做了，你只要好好享受就可以了。

风没有方向，也没有目的，所以你总时刻觉得有风四处围着你转，时刻都在向你的脸上轻拂。你可以感到那种熨帖的清凉和甜蜜，这种时候，你的甜蜜是那种淡淡的忧伤的甜蜜和淡淡的想说点什么的忧伤，这种忧伤无处诉说，心里到处荡漾着一种甜蜜的愿望。这样的愿望追赶着你，让你坐立不安，让你想找个对象表达你的疼爱，真的来到了这里，却又发现不知道应该对谁说出这些话，这里静静地站着的、躺着的，在草窠里顾自忙得不可开交的，吹拉弹唱自我陶醉的，都是那么招人怜爱。抬头看看天，看看又干净又飘逸的蓝天和白云，就觉得说和不说是一样的，来这里看看心里也就满足了。背着双手，把它们都装在心里，回家没事想想它们的小样子，晚上的觉就睡得很踏实，偶尔乐出声来，反而会吓自己一跳。九月的村庄，就像孩子和女人，让你生出无限的怜意和疼爱。心里的温柔，像那些吸足了水分的草一样，没来由地一夜之间就疯长起来。

九月的恬静和温驯，在傍晚时直上蓝天的炊烟中变得更加诱人。柔和的微风中飘荡着饭菜的香气、炊烟淡淡的辣味，同时，又混杂着母亲叫贪玩的孩子回家吃饭的呼唤声，归栏的牛羊心满意足的叫声，回家的鸡鸭看到主人时一惊一乍的欢叫声。这一切都显得遥远而清晰，温柔又亲切。即使多年之后的今天，我无意中又沉浸于这种回忆，竟仍然流连忘返，迟迟不想打开灯，回到我的现实中来。

虽然，我现在的生活同样让我感到欣慰，但是，九月的村庄在我的记忆里，是永远不可替代的。

/ 给麦子脱粒

没有风，一丝风也没有。

没人敢抬头。

满世界都是太阳白花花的光芒，如同一百个火炉从空中一起往下倒——往下倒白花花的火炭，畅通无阻地倒，铺天盖地地倒。地面上已经滚烫。鸡们狗们飞快地从一个树荫投向另一个树荫，它们的脚爪不敢稍做停留，碰一下地就又飞快地抬起来，抖一抖，然后再把另一只抬起来——这使得它们奔跑的速度相当惊人。但是它们总是从失望奔向失望，因为没有哪个地方是阴凉的。

这时，却是脱粒的最好时刻。

成捆的麦子堆积在麦场上，金黄金黄的令人目眩。它们等待的就是这种时刻。它们在滚烫的空气中显得焦躁不安，忍无可忍，隐隐的麦芒摩擦声如同窃窃私语，此起彼伏。

这个时候，所有的机器都已经准备好了启动的姿势，脱粒机、拖拉机也都严阵以待，铁器都闪着一种灼人的钝光，稍稍靠近，就有一种炽热感。水箱里的水在拧开的箱口变成了蒸汽直直地往上升起。十点钟的太阳已经让人不敢抬头。

各有分工的人们开始戴上墨镜，脸上围上湿毛巾，穿起长衣长裤，把自己严严实实地包裹起来。刚走到太阳底下，一身汗马上"呼"的一声冒了出来。

开弓没有回头箭。随着机器轰鸣，人们都在流水线上各就各位，手脚不停地忙碌起来——搬运麦捆—用镰刀破麦捆腰—喂麦—运麦粒—扫麦糠—运送麦秸—垛麦秸。每个人都不敢稍有停顿，因为他一停，马上就会出现空档，耽误下一道工序的进展。

没有人说话，也没有人开口，因为除了巨大的机器轰鸣和麦粒与阳光的噼啪声，什么也听不见。干燥的空气里，麦捆上的尘烟飞散出来，还没散到一人高又落下来，把忙碌的几个人笼罩起来，浓烟似的罩着。人们低着头，抿着嘴，嘴上的湿毛巾已经黑乎乎的一片，身上已不知道出过几身大汗，眨眼间就干了，只留下一层层白花花的汗碱。后来毛巾也干了，喘不上气来，只好摘下来，光着嘴和半截白脸大口喘气，不一会，脸上就全黑了。

麦芒也随着土烟飞出来，粘在身上，钻进脖子里，和汗和土粘在一起，奇痒，扎得人生疼。长衣长裤罩着，出汗的时候就贴在身上，汗干的时候就闷着全身燥热。即使有长衣长裤，胳膊上也仍然被麦芒扎到了，汗水流一遍，皮肉就被刮一遍。在反复的煎熬中，整个人都装在套子里，感受一种末日到来时的窒息和绝望。

这个时候，嗓子是干的，身上是干的，大口喘气也是不敢的，尘烟像一把把尖利的刀子，稍微吸进去一点，嗓子就像被乱刀刮过一样，刺啦刺啦地疼。

我对脱粒恨之入骨。又不得不一次次把自己推进这种刑场。我曾恨恨地想：如果一个人犯了罪，最好的惩罚就是让他到烈日下的麦场上去脱粒，只要让他这样不停地干上一个星期，不用审讯，他肯定就把所有的秘密都招了。

很快，机器水箱开锅了，滚烫的水咕嘟咕嘟地直往外冒。

但是，不到万不得已，机器不会停。虽然现在是个难熬的时刻，同时，也是个争分夺秒的时刻。平时祈盼的云影这时却成了心里总是挥之不去的乌云。夏日里"六月天，孩儿脸，说变就变"，说不定哪朵云彩带来一阵雨，麦场上的麦子就遭了殃，这也给脱粒的人添加许多活计，招来更多的麻烦。

每个人身上越来越黏，手脚越来越重，麻木使它们好像和自己没有什么关系，变成了一个不相干的东西。周围的空气又干又脏，吸进去胸腔里就像塞满了棉絮。谁也不说话，谁也不抬头看人，大脑变得迟钝而麻木，所有的动作都出于本能而机械地运动着。但是没有谁停下来，因为燥热和疲乏，停下来似乎马上就要晕倒，有时候双手空着还在重复那个已经重复了无数次的动作。每个人身上都已没多少汗水可出，手脚都似乎变得出奇的大，偶尔碰到自己身上，显得陌生而奇怪。

　　水终于沸腾得不可遏止，仅剩下的半箱水开始一涌涌地往外蹿，如果还不降温，要出事的。于是，主人极不情愿地大声喊着："喝口水，喝口水。"

　　机器一停，世界忽然一下子静下来，可是人们满脑子还都是巨大的轰鸣声，大家都在原地不动，四处看着，好像不知道发生了什么事。

　　事实上，大家又都渴盼着能停下来歇歇。人们摇摇晃晃地走下来，到所谓的树荫下，先脱下长衣长裤，淋漓地撩着水，痛快地洗洗。许多人脸上的墨镜遮出了白圈，满脸都是黑乎乎的，看不出模样。吐一口痰，擤一下鼻子，都是黑的。水不敢多喝，喝了还没有到肚子里，就又马上从后背冒了出来。不喝也不行，随时都会脱水，真要那样，就麻烦了。

大家都在慢慢地喝热茶，这样的茶水有劲，杀口，解乏。

主人在大家休息的时候，还要自己收拾一下现场，并给机器的水箱续满凉水。

歇几杯茶水的工夫，接着换上长衣长裤，把自己像先前一样重新包装起来，相继走上麦场。脱粒机是几家合买的，都在心急火燎地排号等着呢，不敢耽误时间。

这样的时刻无疑已经变得残酷而壮烈。这是一种耐心的较量，也是一种精神意志的搏杀。它要人们贡献出所有的活力，挤出骨缝里仅剩的耐力。一个人如果不给自己随时加油，没几个回合，精神就会被彻底摧垮。

逐渐地，体能已到达了极限，两耳被轰鸣声震得自鸣起来，不，应该是听不到轰鸣以外的任何声音，麦粒打击脱粒机的噼啪声成为一种强劲的伴奏，敲打得人两眼干涩，口舌生烟，身体在感觉之外，恍兮惚兮地散漫地运动着。一切都如隔世的云烟，感觉自己已成为一粒麦子，在干燥的空气中虚虚地浮着，一触即散。

小山似的麦捆，被脱粒机一把把地吞吐着，又化解成大堆的麦糠、小山似的麦秸垛和黄澄澄的麦粒。空气中散发着浓浓的麦粒烤焦的煳味，并且变得黏稠而干辣，只是感觉到自己沉重地坠下去、坠下去……

这是一场持久战。有一次，我从上午十点一直干到深夜两点，除了中午勉强吃了两个鸡蛋，什么也吃不下，只是大量地喝水，不停地喝水。深夜两点，已是漫天星斗，凉风四起，我们简单地收拾了一下，身体不听使唤地飘飘荡荡地回家。那时，两眼已经沉重得干涩难当，脑子里只是回荡着一个最简单的念头：我还活着。还有一个想法在跳跃：睡觉。睡觉，立刻。

夜色深沉，浸凉如水。我简单地洗洗，就轰然入睡，真的是轰然入睡，机器的轰鸣在我的脑子里响了一个晚上，手脚在困顿中还在重复着白天里简单的动作。除此以外，什么也不知道，直到第二天中午。

但是，后来我丝毫没有激战后取得胜利的喜悦。因为与我一直干到深夜两点的人们，天亮后又到另一家去脱粒了。他们一家一家地合伙互相帮忙，一直干了一个多星期。他们没有什么特别的感觉，就像平时的每天一样。

这让我感到非常惭愧。我视如天堑的难关，在他们的眼里竟平常得和吃饭休息一样简单。我只是一年中偶尔这么忙上一两次，而他们却是要常年如此，放下耙子就是扫帚，一点所谓的"伟大""坚韧"的感觉也没有。

真的，他们平淡得好像什么也没有发生，该干什么还是干什么，以后的什么事也没耽误。而我，过了一周，还感觉全身都粘满了麦芒，非常不舒服，不舒服极了。

/ 秋天的金家洼

　　金家洼是个极为奇怪的地方。在我生活了十几年的小县城里，我一直没有听说过它。直到我十八岁那年初秋，我被分配到一个叫宫徐的村子里教书，才第一次听到这个名字，而且还是一个村子里的民办老师笑着对我说："晚上没事不要到村东的金家洼去呀，那里闹鬼，小心进去就回不来。"我感到万分诧异，不知道他说的是什么意思。晚上我就故意骑上自行车，到村东去看了看。正是八月初秋，我在村子边上朝东瞭望，结果只看到月下灰蒙蒙的一片，连点灯光也没有。我反复地换了好几个地方往东张望，结果还是一无所获，最后就悻悻地回到学校。一夜无梦。

　　第二天，又专门问了那个老师，才知道，金家洼是个方圆几十里地没有人烟不长庄稼的地方。"哦，对了，也不能说是荒无人烟，因为在金家洼里面，还有个叫金庄的小村子，也不知道当初他们的祖先是怎么选的那个地方住下来，吃咸水，种地要到靠近我们这里的地方来种，穷得冒烟，有空你自己去看看吧。"那个老师最后还给我强调说。

在我们这个寸土必争的地方，居然还有这样大片荒芜的所在？我十分好奇并且怀疑。

终于，我找了个没课的下午，一个人悄悄骑上自行车，去了村东的金家洼。

事实上，那个老师没有说错。站在宫徐村的边上，往东边看去，只是在视野的尽头，看到微微起伏的一点绿意，估计那就是远方的村庄了，因为，一般来说，有村就有树，并且多数村庄你是看不到房子的，大量的大树把村子都遮掩起来了。在一望无际的空旷里，还有几处闪耀的白点，我想来想去，终于明白那可能就是那个叫金庄的村子了，闪耀的白点应该是那里的白墙了。

我兴致所至，就漫无目的地顺着村边的一条土路向金家洼的纵深挺进。令人奇怪的是，这个金家洼好像是被人用刀子切出来似的，我走的这条土路是一条分界线，土路西边的庄稼都长得高大茁壮，黑绿喜人，土路以东，马上就成了紧贴地皮的杂草，而且这种杂草是那种最难铲除的蔓草，枝枝蔓蔓地纠结在一起，覆满地面。我看到有几个地方显然是被人用犁铧耕过了，但是翻起来的泥土上又长上了蔓草，上面是牛羊的蹄印和干掉的羊粪蛋，好像是哪个勤劳点的村民要下决心在那里翻耕出一块好地，但是翻起来以后就丧失了信心，最后不了了之，成了现在这个样子。我开始拐上另一条羊肠小道往金家洼的腹地走，里面的羊肠小道曲曲弯弯，互相纠结缠绕，没有头也没有尾，我如果不是看着西边的村子，根本就分不清哪是来路，哪是东南西北。走了将近一里多地的时候，蔓草开始稀疏起来，远处出现了一片一片的盐碱地，坑坑洼洼的地面上，碱土都起皮了，一块一块翻转起来，还有一撮撮的红荆条，它们都长得半人高，干巴巴的叶子和疙里疙瘩的茎子，但是数量很少。往四处望望，我感到自己正站在一种古怪的旷野之中，这里不是荒漠，不是平坦的大地，而是什么都没有的荒地，这对于我这个从小看惯庄稼的人来说，这样的感觉极为恐惧——没有庄稼，没有草，也没有人影，更没有家畜的声音，一切都这样寂寞和了无生机。所幸，我继续走了一段时间，看到了一条没有水的废沟渠，沟里基本被淤平了，但可以看出当初人们是多么努力地想把水引过去。极目四望，我发现自己起初看到的那些白点的确是一个小村子朝西的白墙，在西下的阳光里闪耀着，我一阵兴奋，终于看到人烟了。我顺着羊肠小道朝那里奔去。

但这些羊肠小道忽而消失忽而出现，忽而又走了回头路，转回了原来的地方。幸亏是在白天，如果是在晚上，恐怕转到天亮也转不出来。我在里面转来转去，却离金庄老是不远不近，始终找不到一条直接的小路。看看太阳快要下山了，害怕自己晚上真的出不了这个金家洼，就打消了去金庄的念头，开始往回走。

回来的路也并不那么好走，也许我步行可以按直线直接走回去，遇坑过坑，遇坎爬坎，但是我现在是骑着自行车，只好跟着那些羊肠小道转来转去，明明是很好的一条小道，可是拐来拐去，居然走了回头路。等我终于转出一团乱麻似的小路时，西天上已是红霞一片，宫徐村在夕阳的映照下，显得亲切可人。回望来路，金家洼竟然变成了金黄色，空旷、辽远、色彩斑斓。有牧归的老人和孩子赶着羊群或者是几头牛，在霞光里散漫地迎着霞光走，牛哞、羊叫、孩子们跑调的歌曲和欢叫，处处散发出浓郁温馨的乡土气息——我终于走出了金家洼。

和同事们闲聊时我才知道，金家洼由来已久，以前里面的狐狸和兔子遍地都是，现在几乎见不到了。有各种各样的传说，比如朱元璋一箭定京都，射到了这里，但刘伯温掐算以后，认为还少半间房，又一箭射到了南京。还有鬼城之说，各条羊肠小道的交叉路口晚上都有小鬼把守，一般人夜里都不敢进去，很容易被"鬼打墙"，整个晚上出不来（我知道其实是那些该死的缠绕在一起的羊肠小道）。对于有"鬼"一说，我并不在意。其后的一段时间，因为晚上整个校园里就只剩下我一个人，我就一个人在晚饭后去村东看看金家洼。这个时候的金家洼，确实有了"鬼"气，月光下的空旷，白日里的蒸气现在都在月光里飘荡着，云影淡淡，我在朦胧中想象着小鬼们在岔路口打牌吵闹和凑在一起密谋的场景，不禁后脑勺发紧，浑身有种异样的感觉。

放秋假了，家家户户都在忙着收秋。我不巧被乡里抽调去帮忙征兵，每天都在各个村庄里跑来跑去搞调查，其中恰好有金庄。那天我专门拿出一天的时间，早早出发，去金家洼里面的金庄。

那次，我一直纳闷，别处都在收秋，这个生活在金家洼里面的小村子，又在收割什么呢？这里的人们依靠什么生活呢？

我打听好了，才从另一个村子顺着一条稍微宽一点的土路，前往金庄，这是唯一的一条通道，也说明我上一次的历险是不会得逞的。路边有一块块的庄稼地，东一块西一块，绝不相连，庄稼都只有半人高，玉米细细的秆，腰间有个一拃多长的棒子，不知道能收几个粒。这里的村民好像种地很随意，靠天吃饭，长好长坏是庄稼的事情，跟自己没有关系，这些庄稼就是最好的证据。我在暗笑的同时，感到这里的人和这个金家洼一样，不可思议。

这条通往金庄的唯一的土路，越来越难走了，无数的车辙印挤出了一条条的埂，埂沟相间，高的高，低的低，日光一晒，坚硬无比，一不注意，车轮就要在干硬的埂子上打个滑，歪个跟头。我就这样一路跟头一路咒骂地进了金庄。

这是个百十户人家的小村，因为低洼和盐碱地，所有的房屋地基都起得很高，村中的道路却很低，以便于雨水的流淌。这里的树多是耐碱的枣树和红荆条，我第一次见到长到屋檐高的红荆条，真应该叫红荆树了，也不知道它们要长多少年才能长成现在这个样子。村中有七八座新房，都是红砖白墙，墙基也一律都建得很高。其他的房子都是低矮的土房，墙基上的砖缝都碱成椭圆形，墙下一层厚厚的灰红色土沫，让人感到岁月沧桑的决绝和无情。

在一户人家，主妇极力向我推荐她多才多艺刚刚初中毕业一年的儿子，我知道她女儿现在还在我那个学校里读初二，是个文静漂亮的女孩。临走的时候，我终于鼓足勇气，把自己心里的疑问说了出来。

"这里条件这么差，你们没有想过要搬出去吗？"

"差吗？这是我们的家，往哪儿搬？"

"我是说这里的盐碱地太厉害了，出入也不方便，庄稼也长不好，多难啊。"我尽量把话说得委婉一些。

"你这就错了。这儿是盐碱地多，一下雨就出不了门，你没看到我们这里地多吗？我们这里没有因为地打架的。别的村都因为盖房作难，我们这里随便盖，要多大有多大，周围的地也随便种，想怎么种就怎么种，村里还鼓励大家多种呢！"看得出来，她很知足，也很满意。

"这么多地，随便种，打的粮食够吃吗？"

"你看我们都没饿着吧？不好的年份政府还有补贴给。"她回避了我的提问。

"吃水怎么办？"我刚才喝的水没有咸味，很奇怪。

"有人（能力）的去外村打，没人的就喝自己家的水。"我注意到他们家的院子里有压水井。

我怀着极为复杂的心情离开了金庄。路上，我看到了往村里拉庄稼的马车、牛车和驴车，他们在从金家洼外的庄稼地里往家里收秋。我让到路边，看到他们都在车上大声说话，快乐无比。

金家洼，这个世外不桃源的地方，还有一个村子在艰难中坚持下来，真是奇迹。几百年就这么过来了，他们还在坚持着。他们的付出，无疑要比外面的人多。据说，政府曾经多次动员他们搬出来，但全村没有一个人同意，最后只好不了了之。对于他们的固守，我感到困惑。

我仅仅在那个小学校里待了一年就离开了，但金家洼永远留在了心里，甚至几次出现在梦里。撇开贫穷和付出，我总觉得他们的固守，像金庄在金家洼里一样，有无法解释的理由。这些年，我也像金庄人一样，东奔西跑讨生活，有时候劳而无功，有时候沮丧颓废，还好，我也在坚持。虽然，也像金庄人一样，收秋的时候收获了了。

前几天，有消息说，政府要在那里建一座大水库，很多人都叫好，我也为他们终于要走出来感到欣慰。但是，不知道他们会不会乐意。

/ 火车，火车

很多时候，我听到了火车的叫声，还能听到"哐仓哐仓"的声音，我不敢给任何人说我听到了这种奇怪的声音。自从给娘说过，娘笑话我说："你的耳朵是不是又发炎了？"我就再也不对任何人提起这件事。我的耳朵里曾经发炎，被大人用挤出来的核桃汁往耳朵里灌，咕嘟咕嘟往外冒白沫，我感到我要死了。为了不被大人灌核桃汁，我只好什么都不说，即使，我经常听到火车的声音。

火车站在很远的县城里。跟娘去城里赶集的时候我见到过，高大的房子，黑黢黢的一根根铁轨，还有神气地拉着汽笛的火车。据说，这个火车站是日本人来了修的，我印象最深的，是一处高大的"炮楼"，有好几层房高——后来才知道，那不是炮楼，是水塔，喝水用的，我一直奇怪：谁跑到这么高的地方去喝水呢？记忆里，喝水，我们都是跑到井边上，用水桶、瓶子、瓦罐甚至葫芦、苇子秆、瓜秆吊上水来喝的。

无论如何，火车我见过了，但是，在家里听到火车叫，真是奇怪，我不知道是不是别人也能听到。但是，我一直不敢问。这个秘密就这么偷偷藏在我心里。

一个孩子的秘密在心里是不能藏住的，纵然因为其他原因的担心，不敢说，不敢问，但是，仍然想弄明白。

于是，在夏天午睡的时候，到地里拔草的时候，一个人放羊发呆的时候，钓鱼的时候……我都会仔细听听这个奇特的声音。我仔细辨认，这个声音究竟是从哪里来？是梦里的，心里的，还是火车自己找来的？我知道，蛇能找到害他的人，那个听过无数次的故事就说，一个孩子去拔草，用镰刀砍一条蛇，使劲砍，结果，砍断了，蛇随后就自己接上了，等孩子累了，就害怕了，连忙跑回家，给娘说，娘说，你是砍了神仙。赶快把水缸里的水倒干净，把孩子倒扣在里面，娘一个人在炕上做针线，眼睛留心着蛇。后来看到蛇果然就来了，围着水缸转了三圈，然后就走了。娘跑出去看看，蛇看不见了，才赶紧回来，翻开水缸看孩子，结果，只剩下了一堆骨头……

我的童年几乎像所有农家孩子一样，是在鬼神的恐惧里被吓大的。通过这些故事，大人们想叫我们这些不知道害怕是什么的孩子明白一些区分善恶和好坏的道理。

　　但我仔细想过，我没有得罪过火车，更没有在火车站上说过坏话，没有在那里吐过唾沫撒过尿。那么，这个火车的声音为什么会传这么远呢？为什么单单让我自己听到呢？难道他们就听不到吗？听到了为什么不说呢？

　　曾经给伙伴们提示过，但是这些人都说什么都没有听见。真是怪了，我一直弄不明白，为什么火车要一直纠缠我。

　　终于，在那个炎热到了极点的夏天晌午。当大人们都熟睡的时候，我悄悄出门，站到大门外的高地上，我开始留心火车是不是这个时候发出声音的。

　　我家就在村子最东南，出了门就是一个像墙头的高坡，幸亏有一棵高大的杨树，我还不至于站到太阳底下。我一个人无聊地捉蛐蛐编柳树条帽子、虫子玩，但是，耳朵，在仔细地聆听着任何声音。

　　终于，那个期待已久的声音冒了出来，我听到了"哐仓哐仓"的车轮撞击声，听到了那个无数次冒出来的长长的汽笛声，在夏天炎热的宁静里，这个声音很低，却很浑厚，低沉。我激动得跳起来，丢下手里的东西，奔到那堵墙头似的高坡上，尽量朝远处张望。

我看到了，在成片的庄稼地的间隙里（事实上，那是一片瓜地），飞快地闪烁着一串串淡淡的影子，这些影子在背后一排高大的白杨树的衬托下，分明就是一节节飞快闪过的火车，它们简直太快了，是我见过的最快的东西。

我激动极了，甚至想大喊大叫，我想把所有的人都叫起来，到这里看看，看看这列奔驰的火车。你们这些大人，就靠火车这么近，连我们能看到火车都不知道，简直要笑死人了。我还要告诉娘，我耳朵没有发炎，我以前听到的声音都是真的，我没有撒谎……但是转念一想，等我把他们都叫起来，再跑到这里来，那火车跑得这么快，早就看不到了。不行，我要想办法，证明了我的发现，然后再告诉他们，那个时候，他们不相信的话，就可以跟着我去看看，然后就什么话也没有了。

这个决定让我感到全身发热，浑身是劲。我戴上刚刚编好的柳条帽，然后就撒腿朝那块间隙地奔去。

晌午的庄稼地里到处都是乘凉的虫子，被我惊醒，都没头没脑地四处乱窜，好像我踩到了泥地里，泥点子四处飞溅，有慌乱地跳起来吓出一泡尿的青蛙，长头的拖拽着长翅膀的蚂蚱，翅膀能啪啦啪啦作响的方头蚂蚱，穿花衣裳的蝴蝶，还有身子铁蓝色的"铁蜻蜓"，捉一只能把人乐疯了……它们也像人一样要睡午觉吗？真是一群懒虫。火车来了还在睡懒觉。我不管它们，在它们没头没脑的碰撞中近乎疯狂地奔跑着，我只有一个念头，那就是，要尽快看到火车，看见道轨，看见两条长辫子一样黑亮的道轨。

在奔跑中，我奇怪地发现，这列火车太长了，长到了不可思议的地步。我都跑出来这么长时间了，火车还在影子一样快速奔跑，我知道拉货的火车很长，一节节地能装很多东西，但是，没想到这么长。

太阳真是太热了，我全身已经湿透了，脚有些发软，头也晕晕的，好像是踩到棉花团上。不过，为了火车我能坚持下来。

但是，等我快跑到那排高大的白杨树那里时，发现火车没有了，什么都没有了，更没有发现，有高出平地一块的路基。我在纳闷中跑过去，才发现，原来这里是一处河沿，杨树都种在河沿上，杨树南面就是河水。站在杨树底下，再往远处看，还是看不到边的庄稼。

我感觉受到了欺骗，难道那个声音是假的？我的耳朵真的发炎了吗？可是，那个声音我分明是听到的，那串"咣仓咣仓"的声音我也是听到的，还有，跑得飞快的一节节火车我也看到了，为什么就什么都没有呢？

我感到了恐惧和害怕，难道真是火车来找我了，像那条成精的蛇一样来找我了？我不禁全身发抖，头脑迷糊起来，根据感觉，迷迷糊糊地往家的方向走去。

这是个让人羞耻难当的晌午，也是个难熬的晌午。等我在迷乱中回到家的时候，娘已经起来了，她看到我这个样子，奇怪地问我到哪里去了。我胡乱应付着，不知道说了些什么，只知道我艰难地爬上炕，就什么也记不得了。

等第二天我明白过来的时候，娘告诉我，我一直昏睡着。她严厉地追问我究竟去哪里了，是不是把魂丢了，要是到没人的地方去，那就说实话，好把魂找回来。我最后只好说实话，倒不是因为魂找不回来，而是因为，我希望弄明白，究竟是怎么回事。

娘听完我断续的回答，出人意料地笑了，她说，傻小子，火车是有，离咱们这里有十来里路呢，你听到的火车叫也是真的，没人的时候仔细听，谁都能听见。

我急忙追问："那些一节节的火车我在门前的高坡上都看到了，怎么也不见了？是不是闹鬼了？"

娘更乐了，说："那是地气，懂吗？太阳一晒，地里的水汽就被晒走了，你看见的是水汽。好了，别胡思乱想了。

你是热着了，你好好躺着，明天就好了。以后记住，晌午再也不能出去玩了，你再回来晚一些，就回不来了，再也见不着娘了。"

我似懂非懂地点点头。直到六岁那年，我和姐姐到北京，去爸爸那里，才第一次坐上火车。上火车的时候，我的腿有点发软，头有点晕，好像又回到了那个晌午。好在，我们很快就找到了靠窗户的座位。我兴奋地发现，火车果然跑得飞快，刷刷地，比钻天猴还快……外面的人看起来都像小虫子，一闪，就被甩过去了，那些树、车，还有庄稼，都像一张小小的画，一张张飞快地翻过去。

我觉得，我的快乐，装了一火车。

／娘，是家里的明灯

天黑了。

我坐在房檐下，呆呆地看着天上飞来飞去的蝙蝠，它们迅速折返的影子在空中飘忽，如果是在平时，我很可能就把自己的鞋子脱下来丢到天上去了——这些莽撞的蝙蝠常常会一头撞到鞋子里——我们每个傍晚几乎都玩这个游戏。但是现在，我什么也不想，只是盼望着角门能跟想象中一样，"吱哟"一声开了。

开始有了习习的凉风，吹到胳膊上感到很舒服，但空气仍然很闷热，四周黑黢黢的，我不敢点灯。就这样等，盼娘快些回来，家里就能迅速热闹起来。虽然我知道，娘可能还要在地里忙碌一阵子，直到看不见了为止。

四周的夜色里似乎隐藏着某些东西，它们黑亮的眼睛充满着神秘的危险，似乎我一愣神的工夫，它们就会从某个角落里悄悄向我靠近。我不敢大声喘气，不敢轻易动一下身子。坐在门槛上，我听到了蝙蝠拍打翅膀的声音和它们发出的尖厉的声波。除此之外，我还听到了自己的喘气声。

我不知道为什么家里一点正常的声音也没有，公鸡和母鸡们都跑到树上去了，它们放着好好的鸡窝不去，都喜欢蹲到树枝上打瞌睡，树上很凉快吗？摇摇晃晃的，挺有意思吗？"四眼狗"也不在家，也许是在地里帮着忙碌的娘看着那三只山羊去了；家里什么都不出声，只有我在一下一下地喘着气，呼吸声音越来越大，好像我成了家里的中心，成了目标，周围的一切都向我靠过来，靠过来……

寂静的空洞越来越大，我小心喘气的声音似乎也越来越大，我紧张得全身绷紧，呼吸急促。我忽然觉得似乎有一条蛇在向我坐着的地方爬过来，沙沙的声音越来越近，但我好像傻了一样，只是在紧张地感觉它的靠近，却不敢动，也动不了，我感觉它就要爬到我的脚边了，就要张嘴咬我了，我的汗水一下子就流出来——忽然一声尖叫，把我惊得跳起来，我狂奔到院子中间，仔细一看，原来是树上的鸡，被另一只公鸡啄了一下，扑棱着翅膀，晃了几晃，又站稳了。

而我吓出了一身冷汗。

屋门口我不敢回去了，就坐到院子中间的地上。我总觉得灾难好像就要降临了，它们藏到某个拐角的地方，隐藏在黑影里一点一点地向我窥视，伺机扑过来。我不敢往树上看，也不敢往两边的小屋门看，冲着角门，我看看天上的星星，看看脚下隐约的平地，我不知道，平时我都是抱着凉席子往地上一铺，躺上去就睡，在上面翻来翻过去，一点也不在乎。今天这是怎么了？

我越不敢想，那些稀奇古怪的脸就越一个一个往眼前跳，我使劲眨眼，眨没一个，又跳出来一个：白胡子老头，穿白衣服的女鬼，披散着头发，露着白牙冲我笑，还有耷拉着长舌头的吊死鬼，水淋淋的淹死鬼……记得一个电影里有个坏人会变脸，撕下一张脸，还有一张，再撕下一张，还有……每一张脸都让人恐惧异常，我坐不住了，就站起来，一动不动。我觉得胸腔里堆满了声音，它们挤撞得我胸口发紧，两腿发颤，在哆嗦，更厉害地哆嗦……我要坚持不住了，我觉得马上就要死掉了，天要塌了……

忽然角门"吱呀"一声，伴随着这声"吱呀"，我狂叫一声，向着角门奔了过去，声音怪异、尖厉、撕裂，带着我所有的委屈、恐惧，随后，我"哇"的一声哭了出来，我胸腔里隐藏的那些挤压着的委屈和声音一下子冲了出来，我听到自己尖厉的狂叫都变了，一点也听不出是自己的。

是娘回来了。

随后而来的，是家里隐藏着的声音全部都跑出来：鸡们从树上一个跟着一个下饺子一样往下跳，连飞带跳，翅膀使劲拍打和被树枝挂上的声音，它们夸张地尖叫着，一听就是又撒娇呢；三只山羊也跟着凑热闹，瞎叫一气；四眼狗跑过来跟我亲热，我很生气，刚才跑哪去了？用不着你了你又来了，我就使劲地踢了它一脚，它委屈地躲到山羊身后去了。奇怪的是，那些躲在树上的蝉忽然都跟着叫起来，刚才它们怎么一点声音也没有呢？

这些势利眼。但是我已经顾不上跟它们置气了，我说不清是哭还是笑地扑到娘的怀里。

我觉得天一下子就亮了，家跟白天一样，又成了我自己的家，想怎么样就怎么样。还有，我觉得我恢复成了自己，手脚也随便了——我终于找回了我自己。接着，我感到那些隐藏着的危险消失了，那些跳来跳去的鬼脸也没有了，我呼吸的声音也消失听不见了，家里好像一下子点起了灯，我什么都不怕了。

娘回来了，家里跟开锅一样的热闹，我跑来跑去，心里的欢畅是没法形容的。我奇怪地想，娘是家的灯呢，娘不回家，家里黑黢黢的，什么东西都出来吓人，娘一回来，这么热闹，快赶上过年了。

以后的近三十年里，我又多次感受到娘在和不在的这种天地之别。娘不在的日子里，家还是原来那个家，一切都没变，可是那些吓人的东西却会藏到角落里，时刻准备出来，四周黑黢黢的，冷冷清清的，让人心里充满着孤独和惊疑；而娘在家的日子，家里就有无限的生机和活力，我们都有了主心骨，什么也不在乎。即使现在我已经有了自己的孩子，我还是在一个人在家的日子，感到了心灵的虚弱和孤独，感到了家里的冷清和恐惧，总是不由自主地想起从前的时光。

娘是家里的明灯，帮我们赶走了恐惧、孤独和冷清，给我们温暖和踏实，同时，也让我们找到了自己。

一个人找到了自己，才不会害怕和恐惧。

／我们听到了生长的声音

吃晚饭的时候，娘欲言又止，有话要说的样子，饭也吃得心不在焉。我觉察出来了，问："娘，有事吗？"开始，娘赶紧说"没事没事，吃饭吧"，后来饭要吃完，娘终于下了决心，说："北边地头上我种的几棵白菜该浇水了，河沟里的水太深，我提不上来，提了一回差点滑到沟里去，要不，我也不想叫你们去，你们整天忙，太累了。"看到娘很为难的样子，我心里一疼，想发火，但还是忍下了。我说："娘，不就那几棵菜吗？给你说过多少回了，你别管了，一会我们去浇，还不够玩的呢。"娘听了我的话，终于高兴起来，饭吃得很快。

吃完饭，我和新婚不久的妻子，换了水鞋，提了水桶和铁锹，去村北的地头上浇白菜。

刚刚过完中秋，天上的月亮白得扎实，又大又圆，悄无声息地贴在天上。视野极为开阔，很远的地方都能看清。村边上高大的玉米秸大部分都已经放倒了，远处半人高的黑黢黢的棉花地连成一片，虽然是秋收大忙季节，但现在地里忙碌的人都已经收工回家吃饭了，我们走在小路上，算是特别的。四周的庄稼味道越来越浓了，成片的虫子在鸣叫，高高低低的，像开一场联欢会。我跟妻子说，跟我们毕业开联欢会一样热闹。妻子说："喊，一群虫子。"

　　看看周围的景色，我们都很兴奋。中秋的风已经有点冷了，走在风里，让人明显感到自己的身体发紧。妻子说："娘拿这些白菜跟宝贝似的，稍微花点钱就能买好些，我们以后不能光顾着忙自己的事了，她年纪大了，身体又不好，有个好歹怎么办？刚才她说差点滑到沟里，让人真担心。"

　　这些，我知道，已经给她说过多少遍了。但是，我对妻子说，她在地里忙活了一辈子，种地习惯了，这是她的快乐，不让她忙她会难受的，以后我们记着把活先干了就是，只要她高兴就好。妻子低低的声音说："也是。"

　　南北向的地头上，横着东西向的一条土路，路北是挖掘机挖土铺路挖出来的河沟。本来娘可以不种地了，我们也反对，我和妻子在单位和家之间奔波，根本顾不上，何况哥哥家里还有十几亩地和两个大棚，但是娘还是坚持种着一亩地，我们的地头上，又被娘开出了两间房大小的菜地，平时路北的河沟里都是有水的，取水也很方便。上次浇水的时候白菜还刚刚冒芽，不知道现在多大了。

等我们看到白菜地的时候，我们都感到了惊讶，白菜都跟个脸盆一样大了，宽大的叶子支棱着，一棵挨着一棵，根本看不到地面。娘肯定自己来浇过不止一次了。我心里内疚得有点疼，马上拿了铁锹在河沟坡上挖了脚窝，河沟坡有点陡，靠近河水的地方还有点塌方，这里都是奇怪的土质，没有水时非常坚硬，见了水马上就会散如泥沙。我把下桶的水坑又清了清，开始双手提桶，给白菜灌水，我的想法是，这一次就把白菜灌够，娘不必再成天惦记着浇水了。

白菜们果然是真缺水，一桶水灌过去，我们听到了干土喝水的哧溜声，甚至还有一声"咕咚"，大口喝水的声音，我笑了，看来是渴坏了，但马上就意识到这是个鼠洞，赶紧喊妻子挖土堵上。提了几桶，就见了汗，但看到白光光的水在白菜下漫延，就有了熨帖的感觉——这些白菜，是娘的宝贝，它们喝够了水，就能傻长个子，娘就能高兴起来。

休息的时候，我们坐在路边，忽然听到白菜地里有"咔咔"的声音，仔细听听，原来是白菜叶子正在极力伸展着。

由于是第一次听到这种声音，我们都很兴奋——原来白菜可以这样生长啊——想想吧，一种生命生长的声音居然可以听到，而且是这种响亮的声音，真是奇迹啊，这不是天籁是什么？

静静坐着，身上的汗水很快就被风吹干了，我感到了劳作之后的惬意和清爽。周围静悄悄的，不，应该说是热闹的，是人声的匿迹凸显得这里更加热闹：虫子们各展绝技，简直可以说是吵成了一锅粥，蛐蛐的长短组合此起彼伏，唧唧复唧唧，如同一个个小孩子在独自牙牙学语，奶声奶气似断又连；白菜地里的咔咔声有大有小，甚至有时候发出"扑棱"一声，如同一只鸟儿在伸展翅膀；偶尔在已经放倒的玉米秸上"呼啦"一声，一个东西飞快地窜过去，把妻子吓得一声惊叫，我辨认一下，哈，是只兔子，出来遛弯的兔子；更妙的是，天上那个大月亮明晃晃地挂着，让人看着看着，似乎有一些幻觉在滋长，但眨一下眼却又回到了现实；身边的空气是透明的、清脆的，也是凉丝丝的，飘忽不定的。

歇息了一会，身上的力气又来了，我索性一鼓作气把剩下的白菜都浇完——这次是彻底地漫灌，白菜地里的存水比较深。

我们收拾东西回家。而这个时候，我们发现远处有人影晃动，还有"哧啦哧啦"的声音传过来，我们以为是有人偷玉米了，仔细看看，原来是有人吃完饭又回到地里加班了，他们把棒子从刨倒的秸秆上扒下来，丢在一起，而且我们看出来，还是两口子，他们放心大胆地把棒子扒下来，不必担心有人会偷。其实，对待地里的庄稼，村里人都有着不同的喜好，性子急的人，一鼓作气一气呵成就完成了，有的人却喜欢细细品味这种收获的喜悦，慢悠悠地不急不忙。不管怎么样，看着自己的劳作慢慢有了结果，得意是肯定的，就像我们现在，把白菜满满地灌上水，就像心里灌满了蜜。

回家的路上，心情格外的好，如同过滤一样。我们一直以来在单位的很多事情好像都是很遥远的记忆，眼前的才是真的。我们很长时间都没有这样忙碌而快乐了，这样的忙碌和汗水有关，也和结果有关。我们的劳动马上就看到了结果——我们听到了白菜生长的声音，那是白菜的快乐，它们的成长就是娘的快乐，就像我们的成长一样。我们再大，也都是娘的孩子，和这些白菜一样，我们是娘的命根子。

我知道，我们注定只是这片土地上的过客，我们的目标在城里，这样的劳作只是暂时的，快乐也是随机的。而娘，才是这里的主人，她在这里生活了很多年，还将继续生活在这里。我们是她的一部分，我们的快乐，也是她的一部分。

/ 东张西望

张望是他父亲给起的名字，取东张西望的意思。很好。

不知道他那在乡间劳作的父亲何以能搓着双手上的泥巴，裤脚上粘着草叶，偶作哲思，就想出了如此哲学深奥的名字。大凡中国人，都知道，一个人的名字总是寄予着上辈人对孩子的某种希望。给孩子起名张望，是一个老农在提醒孩子，过日子要时刻注意东张西望，寻找属于自己的机会和方式。可见，即使是作为一名在田间劳作的老农，对生活的要义也有着极为深刻的体验和理解。

小时候在乡间草丛里有一种鸟，毛色土灰，略小于麻雀，叫声清脆银亮，是我们的至爱。但是，我们没有一个人捉到过这种鸟。这种被叫作靛雀的小鸟，有一个极为灵活的脖子和十分机警的双眼，它总是像闪电一样在草丛和天空里飞来飞去。"嗖"的一声就飞到天空中去了，你刚要眯着眼去找它的影子，它已经在另外一个地方清脆地叫了起来。它不但飞得快，轻巧敏捷，而且毛色近于土色，随便隐在一块土坷垃旁边，只要不叫，你就是从它身边走过也不会发现。后来学习鲁迅的《故乡》，里面提到了"叫天子"，我就疑心是它。

一天天披着成人的外衣，在生活场上东奔西走，图谋生计，便会渐渐失去警觉，漫生麻木和疲惫，懈怠之心日甚，但那些隐藏的枪口并不因此而消失。大到天灾人祸，小到鸡毛蒜皮，都会让人马失前蹄，轻者做了人质，重者遗憾终生。

有一年，我在一个叫肖庄的小学校里教书。学校在村子的东北角，与村子隔着一大片十多亩的水湾。学校里有七个老师，男老师老少全算上只有三个。我们的话题已经逐渐聊到了几近于无，没有什么话可说了。郁闷时我就站在小院里看看天，偶尔去校外的水边站站，我感到了生活的乏味和疲惫。有一天，我的一个同学和妻子到水边去脱坯。他的生计很艰难，家里连个院墙也没有。他们从早晨一直干到了中午，放学的时候，不知道为什么两口子忽然吵了起来，越吵越厉害，最后又动了手，弄得两个人浑身上下都是泥水。很多学生都跑去看，他的妻子哭着回了家。

忙活了一个上午，他们肯定都累坏了，脾气也都变得很坏，因为对方的一句话，就忽然发泄出来，拿对方撒气。我替他们感到难过。他们都是为生活所逼的人，本来应该同病相怜，却把不满都撒到了对方的身上。据说，他的妻子从小没有父母，跟着哥嫂生活，但关系并不是很好。

好在这个同学后来终于走出去，在外面做些事，生活也日渐宽裕，到了这时候，他才晓得要疼他的妻子。生活的巨大压力总会使人在疲惫中迷失方向，而要挣脱这种压力，又是多么的不易。

一个饱食终日的人很难体会那种挣扎于底层的艰辛和痛苦，他们总习惯于对别人指手画脚，说三道四，这些满面油光的人永远也不会知道，被几元钱难住，被一件小事卡住，被生活的激流冲到夹缝中进退不得的无奈和耻辱。

邻村一对农民夫妇承包了十几亩麦子。麦收的时候，为了省钱，完全是手工收割。有一天割麦到了中午一点多钟，两个人都又热又渴又累，但仍挣扎着装满一车麦子顺路拉回家，到了麦场，丈夫不卸车，坚持立刻回家休息，但妻子想要卸完车再把车拉回去。两口子为此争起来。一气之下，丈夫说"要卸你自己卸"，说完扭头就走。妻子一个人坚持着卸完了一车麦子，已近虚脱。她拉车回到家，什么也没有说，一个人躲到里屋，简单地收拾了一下，到小屋子里喝了农药……

事后，有人评论她太傻，那么多苦都受过来了，卸一车麦子算得了什么？再忍一下就过去了，犯得上为了一车麦子把自己的命给送了吗？话是这么说，事实上，当她一直在过这种日子的时候，羞恼已经不止一次地蓄满心胸，她对未来的失望一点点积蓄起来，当这种堆积到了她难以承受的时候，她就很轻易地选择了轻生。而这车麦子，只是一个由头而已，没有它，别的一件什么小得不能再小的事情，也会成为这个悲剧的导火索。

说实话，从我的同学夫妻吵架那天起，我就一下子学会了远观生活。当事者迷，旁观者清。当我们被生活这条狗追得连喘息的机会都没有的时候，极容易慌不择路地逃进死胡同。这样的被动很容易误入歧途。只有在奔波劳碌中悄悄离开自己所处的位置，远远地站到一个更高一点的地方，回头看看这些纠缠不清、错综复杂的烦恼，才能看清以前的来路和今后的日子。退一步真的是海阔天空。这样的远观，才不至于一叶障目，因为一时的艰难而迷失自我。

很欣赏一个乡村教师的达观。他对自己职称评选中的失败态度淡然，对大家的明争暗斗不屑一顾。他说，人这一辈子，说来说去都是这几十年，中间这些杂拌，无非是你今天往前多跑了几步，我明天加把劲又赶过了你，但是不管怎么说，最终的结局，是大家都到山顶上聚齐，因为一时的不满足就要去互相打破脑袋，真不值得，犯不着。他甚至举了身边的众多的得意者和失意者，总的看去，果不其然，甚至一些当初的春风得意者仅仅几年工夫便一落千丈。没能笑到最后的真是举不胜举。

不是你不明白，是这世界变化快。如今的三十年河东三十年河西已经缩短为三年河东三年河西。所以，得意时你未必走的就是康庄大道，艰难时也未必就全是险滩。一不留神，你就碰到了柳暗花明。

因此，你不能失去自己的警觉，更不能无故自馁。

当初，我们曾经无数次地靠近那只"靛雀"，重重地包围，全力以赴地捕捉，甚至不少次我们都动用了破渔网——用来逮麻雀的渔网，但最终，没有一次得逞。那只鸟机警而沉稳地粉碎了我们自以为是的种种阴谋和阳谋，它总能捕捉到我们的漏洞，并成功地安全飞离，找到属于自己的那片天空。

它依然清脆而银亮地欢叫，剩下我们这些布控者茫然而无奈地愣在那儿，呆呆地愣在那儿。

因此，你应该坚信，就算它是一片乌云，嚣张而狂横，它也没有办法永远都笼罩在你的头顶。你依然是你，一只欢快的叫天子。

所以，你要生存，就要不停地机警地东张西望。你只有在机警中，才能辨清那些飞石的来路，准确地躲开，继而躲开那些毫无征兆没来由的伤害。

东张西望，一个农民的美好愿望，其实又何尝不是我们每个人的愿望？东张西望，多好，深刻而凝练。而它出自一个躬耕于田间的农民之口，更让我们感叹它的质朴和深邃。

只要还没有失去信心和勇气，就时刻机警地东张西望，这对我们这些一直在期盼着过上美好生活的人是多么重要。

事实上，一旦事过境迁，你就会发现，当初的荣辱是多么的可笑和无聊，它甚至不比一条路狗对你狂吠几声更可怕。

那些弥漫过来的忧伤

生命里最珍贵的记忆是什么？仔细盘点，我发现，这些剩下来的珍珠，几乎都莫可名状地附带着寂寞的忧伤。是的，就是这些寂寞和忧伤，成为我一步步不断成长的节点。它们令人沉静，令人孤独，令人在隐痛中想到遥远的人生。也是这些「揉进眼里的沙子」，被我悄悄携带，远走天涯……

∕ 飞过一只大鸟

一只奇异的大鸟改变了我们的路线。

我们在路上比赛骑车走八字路，甚至绕着路边的树转圈。有几次，差点一头冲到河里去，赶紧一歪车头让自己连车带人摔到河坡上，惊得大家齐声尖叫，之后，就是疯狂地嘲笑。随后，大家都把车子骑到河坡上过把瘾。这真是太刺激了，小奎甚至撞到树上把手擦破了一块皮。冬天的风很硬，把手弄破了，回家被骂是小事，这坚硬的北风就够这小子喝一壶的了。

我们继续尖叫、继续绕着冬树转圈子，我们开心地疯狂，叫声一出口被犀利的北风吹走了。家长们只知道，我们早早地出门，早早地就上学去了，却不知道，这些人在路上一圈圈地绕着树转个没完，摔倒，爬起来，再摔倒，再爬起来。家长们一直弄不明白，我们的衣服总是这边破一个洞，那边剐一个口子，破烂的自行车，不是今天这里有毛病，就是明天那里摔坏了。他们什么都不知道，只能恨恨地骂我们败家子，骂我们铁嘴钢牙，吃起车子来，比虫子吃庄稼还狠。我们装得比傻子还老实，但是只要出了门，就成了鸟，翅膀一扑棱，比着武地撒欢。

我们就是太无聊了，太寂寞了，什么事情都看不上眼，疯狂地玩一件看起来一点意思也没有的事情，然后颓废地丢掉，重新寻找新的把戏。我们都不知道到底要干什么。浑身似乎冒出了无数的痒痒肉，不找个事情消磨掉，这一天就没有办法混完。

上了初中，又要到远点的联中去，麻烦多了不少，但是寻找快乐的路子好像也多了起来。

就在我们意识到要迟到的时候，缸子忽然尖叫起来，大声喊着："鸟……鸟……那么大的鸟。"我们赶紧顺着他手指的方向看去，果然有鸟，而且是一只巨大的鸟，在老远的墁地上缓慢地扇动翅膀。我们都惊讶地张开了嘴，这么大的鸟我们还头一次见，张开的翅膀有一辆自行车那么长，在空中缓慢而沉重地飞着，好像马上就要飞不动了，随时都可能掉下来。也就是说，它随时都有被人抓住的危险。

是鹰。我们都异口同声地喊着。不错，是只巨大的鹰。

瞬间的沉默之后，缸子说，应该把它抓住。我们马上反应过来，这太好了，要是抓住了，不单可以出名——这周围几十里，这样的大鸟见都没见过，更别说抓住了，不出名才怪；而且，这鸟这么大，可以弄很多的肉，翅膀可以钉到墙上去，那真是要多威风有多威风。

但是，我们现在是在路上，还骑着自行车，总不能把车子丢在这里不管吧！更糟糕的是，马上就要上课了，被罚站倒是小事，要是被开除了，就吃不了兜着走啦。歪歪嘴已经不止一次地在课堂上对我们发出警告：你们要注意，再这么搞下去，离开除就不远了。

我们思量良久，四个人分成了两帮，我和水子想去上学，毕竟，家里供我们上学不容易，要是被开除了，回家的日子那肯定是没法过了。但是，缸子和小奎想去抓鸟，这鸟太诱人了，他们馋得手心直痒痒。其实，主要的原因，是他们两个学习很糟糕，老师几乎对他们不闻不问，去学校里等于是活受罪，家里人知道他们学习差，对他们也不抱多大的希望。

于是，我们争执，然后快速地分手。他们两个决定不去了，我们两个骑车拼命地往学校赶。还好，没有迟到，我们赶在老师前面进了教室。老师肯定看到了我们的背影，在课堂上专门看了看两个空座位，却什么都没有说，只是"哼"

了一声，就开始上课了。

实际上，我们在学校里也没有把课听到心里去。我们一直在想，他们两个得手了吗？弄到哪里去了？他们要出名了，出了名就可以不用上学了……我们下课也是两个人聚在一起，偷偷地嘀咕。别人看我们鬼鬼祟祟的，都很奇怪。尤其我们四个人缺了两个，都问，但是我们什么都不说，只在心里装满了小兔子，替这两个胆子大的家伙激动。

放学的时候，我们疯狂地向那个地方赶去。结果，我们发现，这两个家伙，正偷偷地藏在河边的干草丛里，车子扔在旁边，什么鸟都没有。

我们激动的心终于平息下来，暗暗庆幸和高兴，却不能表现出来，就问怎么回事，鸟呢？

两个人开始激动地告诉我们，那只大鸟肯定就住在附近，它总在附近飞来飞去，转着圈子和他们转悠。"有两回，就落在水泥电线杆子上，那么大，我们都抓了坷垃准备冲过去把它砸下来，这家伙一点也不着急，等我们走近了就慢慢地飞走了，真是太气人了，你见过鸟看不起人吗？这鸟就看不起人，拿我们不当回事，我们一定要抓住它。"

我们更是激动，又在寒风中坚持了一段时间。果然，将近天黑看不到什么的时候，那只鸟又从远处慢慢地飞过来，落到了一根水泥电线杆子上。我们悄悄地爬过去，手里都攥着小砖头，准备同时出击，把它砸下来。

很倒霉。我们还没有靠近过去，那只鸟似乎早就看到我们了，还没等我们站起来，就从容地飞走了，我们疯狂地追过去，竟然没有追上。

懊恼的我们在回家的路上，决定明天都走着上学，不骑车子了。非要抓住这只鸟不可。

第二天，我们早早地上学，缸子甚至带了弹弓，找了半口袋小石子。从塝地里一直走过去，幸亏，是冬天，麦子地里都冻得很结实，河里的水也结冰了，而且，这么走，比骑车子走大路上学要近一半路。我们终于又到了那个地方，居然又看到了那只鸟。它落在一根电线杆子上，收起了翅膀，弓着背，看起来像个驼背的老头。

我们开始了疯狂的追杀。那只鸟在天空上缓慢地飞来飞去，我们不断地把手里的坷垃、砖头、瓦片朝它砸过去，奇怪的是，我们根本就撵不上它，它看起来飞得很慢，实际快多了。有一次，它就那么冷冷地看着我们从地上一点一点地爬过去，我们甚至看到了它硕大的爪子，看到了它浑厚的羽毛，看到了它冷冰冰的黄色的眼珠子，我们还没有跳起来，它就从电线杆子上稳稳地张开巨大的翅膀，缓慢地飞走了。

我们沮丧地坐到地上。

上学的时间到了，结果，还是我们两个人去，他们两个留下，要去抓住这只大鸟。

这次，我们两个终于迟到了，我们被歪歪嘴提到办公室里，接受他的暴风骤雨。还好，因为平时学习好，我们并没有受到多大的为难，但是，要求我们再也不能迟到了。再迟到就要让家长到学校。

缸子和小奎却倒霉了。他们也知道自己倒霉，就再也不去学校了，这么坚持了两天，他们就商量，不上学了，然后两个人在路上打赌，结果，就都不去了。

但那只大鸟忽然消失了，再也没有出现。两个人再在墁地里简直就成了受罪。他们终于悄悄地提前上学，把自己的凳子和桌子弄回家，连老师的面都没有见。回家后才给爹娘说，爹娘并没有怎么责怪，只是说，不是我们不供你们上学，是你们自己不愿意去的，以后别后悔，别埋怨我们就行了。两个人从此彻底离开了学校。

我一直弄不明白，那只大鸟究竟是怎么回事？它在那个冬天神秘地出现，又神秘地消失。它那么缓慢而沉重地飞过那个冬天，最终，让我们四个好朋友分了帮，两个人退了学。我和水子从此以后好好地用功，都考了出来。而缸子和小奎都去学了木匠，我们还在念书的时候，他们就能做出很光滑的桌子了，他们得意地笑话我们："你们除了念书，什么都不会干！"

/ 粮食的火焰

　　我奇怪，我何以一直纠缠于一场浩大莫名的梦境：疯狂奔跑又连绵不绝；左右冲突却找不到方向；没有边际，也没有首尾；随时开始，又随时结束。

　　有几次，似乎是在高处，看见远远地，庄稼地后面升起缕缕蓝烟，好像是几个偷嘴的家伙正在窃笑着忙活。忽然蓝烟发黑变成浓烟滚滚，进而变红并四处蔓延，火苗子在整个天空上乱蹿，我急煎煎地想跑过去救火，却怎么也到不了……不过，随后的场景令人惊喜：只见火苗子次第减少并消失，如同一场海水意犹未尽地退潮，而剩下一堆堆小山一样的粮食，它们金灿灿亮晶晶，三永他那个东北大爷在粮堆之间转来转去，气鼓鼓地说，你们怎么都赶上我了？

　　更多的时候，则是在庄稼地里出入，就算走马观花也无穷无尽。更让人纳闷的，是那些近乎一人半高的庄稼都成了水，我成了水底的鱼。我清楚地记得，眼前的庄稼叶子都是浓绿的朦胧的水，只能隐约地看出去两三巴掌远……

我常常在焦虑中醒来，都说梦是反梦，但现在这些梦水火交错，不知道是好是坏，是隐喻还是恶兆。人醒来了，梦却留下，虽然残缺，却如此熟悉而又陌生，让人讶异时光这个东西，真的是比水还快，眨眼，就过了这么些年。

留下的梦里，反复出现的场景，仍然是浩瀚的庄稼地。我们汗流满面，前胸贴着后背，饥肠辘辘却嗅觉灵敏，神情警觉而怪异，动作快捷而可笑地寻找着一切可以果腹的东西。我们清楚地知道，高粱穗子中看不中吃，高粱饼子远没有白面馒头好吃。但遍地都是高粱，你不看都不行。一团团穗子在风中摇晃，颗粒饱满，外壳都要挣裂了，露出一点白。外壳都是暗红色的，如同一团团火焰。无所事事的时候，我们就坐到高一点的地方，什么也不干，就是看这片烧到天边的火焰，看它们的火苗高低起伏，想象它们转眼就成了麦子，雪白的麦子，雪白的大馒头到处都是，想吃就吃，似乎这么一想，肚子里抽筋似的痉挛就可以暂时消失。

说到高粱地，我一直感到奇怪无比。事实上，它们在我十多岁的时候就开始逐渐减少并最终消失，一天三顿吃高粱饼子的痛苦至今记忆犹新，用坚硬的高粱饼子痛砸邻居家恶狗的举动，在我认为，是天下少有的大快人心的乐事。这就是说，这些在我七八岁时就极为不受欢迎的匆匆过客，如今却成了我挥之不去的暗疤。

不过，高粱饼子难吃，不代表高粱地里不好玩。当干燥的秋风吹凉了秋水，更吹枯了庄稼叶子，铺天盖地的叶子相互摩擦，此起彼伏的声音海浪一样汹涌。这声音对大人来说，已经成了劳作后的催眠曲，可以浮在波涛上酣然入睡，兴许还能做很多心满意足的美梦，因为此时万事俱备，只待秋收了。而对于我，我们，却是一声声激进的小鼓，童年被带进庄稼地里四处游走，为一饱口福而穷尽所能。

高粱地里相对宽敞，因为它们的叶子相对坚挺，向上抱拢，直溜溜的秸秆上都顶着一团红得发黑的高粱穗子，巨大、蓬勃，闪着诱人的光芒，在树杈上或者墙头上望去，简直就是一片火红的海洋。我们就那么一天天没心没肺地在浓密的高粱地里出入，转身就把贪玩招来的打骂忘得一干二净，内心里蹿着小小的激动人心的火苗，挖空心思寻找一种包着灰白色包衣的高粱穗子——我们都知道这是一种霉病高粱，不结高粱粒子，不算粮食，可以生吃。我曾经多次想退出这个梦境，但我做不了主，眼睁睁看着我们拖着草筐四处奔走，患得与患失相随，惊喜与失望同在。那东西长相丑陋，姿态乏善可陈，撕开包衣，里面就像一团灰黑色的干面，不能多吃，噎人。需要砍一根甜秆就着吃，吃起来没有什么味道，却因为能用来填肚子而成了我们向往的零食……

　　这些年来，奔跑着寻找霉病高粱的细节，像年代久远的黑白片，总是反复出现在脑海里，它像一粒定位系统良好的灰白色弹丸，穿过火红的高粱地，穿过岁月庞杂的琐事和细节，拐弯抹角地找到我，准确地击中我早就皮糙肉厚麻木不仁的神经。在那个永远灰黑色的梦里，我们会为一个霉病高粱穗子到底是谁先看见的而争论不休，甚至动手，我们七八岁的小脸被汗水、污泥、霉病高粱穗子的灰白粉末涂得惨不忍睹。但是，我们兴奋，我们激动，我们吃掉一个霉病高粱接着去寻找下一个。

　　饥饿感充斥了我的整个童年。不知道为什么我们总是吃不饱。背了草筐出门，大部分的时间都浪费在玩耍和寻找食物上。而玩耍，仍然是四处寻找的一种。我们清楚地知道，哪种野菜的花朵和根茎可以吃，哪种树木的皮好吃——婆婆丁的花朵掐下来就可以直接丢进嘴里，有点甜；遍地的茅草长着喜甜的根，几乎每个人都吃得嘴角上挂着泥屑；榆钱、梨花、桃花和杏花之类的就不必说了；说到树皮，最受欢迎的，当数榆树，榆树皮的内里有一层薄膜，撕下来反复地嚼，有肉皮的味道；香椿的皮要趁早了吃，尤其是嫩芽的时候，连里面的秆都能吃出香味；而柳树杨树发苦，不到万不得已不会去动它们；瓜果们都是皮包着水，吃下去在肚子里存不住，眨眼一泡尿就空了，根本不算，只用来尝鲜或者解渴……而所有这些东西，又只能做零食，它们永远无法填满我们肚皮那个无底洞，只有庄稼，那些美妙的庄稼，才是真正能温暖到内心里的火焰。

我们当然烤过大豆、青麦，焖过玉米棒子、地瓜，偷过芝麻，被看庄稼的大人一路大骂着追得鸡飞狗跳。我们还烧过棉花籽和蓖麻籽，但我们都知道它们吃多了有毒，会把小命丢掉。棉籽方便，顺手偷几朵棉花，用火柴点了，再加几把干草，用小棍来回地翻，棉花自燃，出的多是暗火，速度也快，等烧得黑乎乎的时候，就可以闻到喷香的味道，这东西小，把黑乎乎的壳剥开，能吃的籽粒比葵花籽还小，吃起来麻烦。一般都是在无处下手或者百无聊赖想解馋的时候才吃点。

童年的吃总是伴随着我们在大地上游荡。我们被大人们称为夜游神、浪荡鬼。喜欢厚着脸皮脏乎乎地到处凑热闹，见缝就钻，我们由此熟悉那些和饥饿有关的所有故事。我们的本事，就是绞尽脑汁添油加醋地把大人们讲过的故事反复转述，并为一些细节而不惜大动干戈。

在我们相互交叉的转述里，庄稼就是大人眼里的火苗，人活着全凭着这一把火苗，火苗没了，人也就完了，不信让你三天不吃饭，再给你来场雨，不冻死也要被水淹死。在我们的想象中，那年发大水，麻袋爷爷坐在他家地头的土坎上，看到到处都黏糊糊的泥水一片，他家的庄稼只是一些烂秆，地里都被水泡发了，一脚下去泥水就到了脚脖子。村里的人陆续死去，能吃的东西都吃了，不能吃的也开始吃：茅根挖光了，玉米包粉碎了吃，树皮也光了，树全都白花花地站着，跟人光腚一样，光溜溜的，不要脸……因为找不到东西吃，有人开始吃观音土，知道不能吃还吃，最后就吃死拉倒。所有小孩子的肚子都圆鼓鼓的，发绿，里面的肠子忽闪忽闪地动，都看得一清二楚。我们看看自己的肚子，还好，虽然都圆鼓鼓的，却看不到肠子。我们都会唱："大肚子汉，能吃不能干。"我们在家里吃饭的时候，不小心掉下一颗饭粒，那一个大耳刮子就会干净利索地及时抽过来，能够幸免的可能性几乎等于零。连三岁的小孩子都知道，在吃饭的时候惹麻烦，纯粹就是个天下第一的大傻蛋，因为没有谁会可怜一个吃饭时还故意闹别扭的傻子——你不吃，那太好了，正好可以省下来让别人多吃点——脸上带着血红的巴掌印子，眼泪扑簌簌地掉，仍然大口往嘴里塞，是所有伙伴都见到过的场面，因为都一样，出门就再也没有人提这档子事。宁可撑死，不能饿死，我们都懂。因为我们都知道一个撑死人的故事，那是解放前，雨山家的一个老亲戚。雨山的老爷爷是小地主，那个亲戚来了，正赶上小地主烙油饼，开始是让着吃，后来就在人家全家人的白眼和愤怒中刹不住车地吃，吃完了才想起来喝水，结果，回家走到半路就撑死了。我们无法想象一个人肚子撑破的景象，是四散炸开还是出溜一声肠子们都滑出来？

因为吃，我们知道在这个只有百十口人的小村子里，还有地主，那个雪天早起扫大街的人是，那个见人笑嘻嘻的人是，那个隔三岔五就提个破锣出来游街的人也是。地主家以前的粮食多，都有饭吃。因为没有害人，穷人们就对他们没有多少感觉。什么人才是地主？问过大人，回答说，喊，咱村的地主都是小地主，小气！过日子比穷人都狠，挣的钱都买地啦。

三永的爷爷就是小地主，更是瞎子。三永被他爷爷用绳子拴在身上，一来可以知道三永在干什么，二来出入可以让三永领路。三永四岁的时候，想脱离爷爷的管束，就想办法把他爷爷骗到猪圈边上，告诉他拐个弯就出门了，结果，他爷爷一个跟头就掉进了猪圈。他爷爷年轻的时候是一个眼瞎，老了才成了两眼瞎。大人们说，这个地主力气大，种地勤奋又小气，一般的活从不叫人，实在忙不过来了或者大活急活，才雇人，也不多雇，就一个，体格壮的。雇多了心疼，怕吃。有一年秋收，碰到连阴天，随时要下雨的样子，为了及时把谷子收回来，就给雇来的大个子雇工说："你一天给我拔三亩谷子，馒头就随便你吃。"雇工是个光棍，就当了真，早晨黑乎乎地就起来不要命地忙活，中午吃饭的时候也在地里吃。有一天，他一个人就吃了一水桶馒头，把三永的爷爷心疼得脑子都转筋。就是那一天，三永的爷爷觉得赔大了，就发疯地拔谷子，一个不注意，被谷穗子抽中了眼，又怕花钱，就忍着，结果把那只眼彻底给忍瞎了。我们去三永家玩，他爷爷一听是他回来，就开始骂："你们这些没有良心的兔崽子，我要不是为了给你们挣粮食吃，眼能瞎吗？眼不瞎能让你个三四岁的屎孩子给哄到猪圈里去吗？你个小王八蛋，你不得好死。"已经习惯了的三永就给我打手势，叫我们不要出声，偷块干粮就走。他爷爷就用拐棒敲地，咚咚作响，连骂带哭，弄得鼻涕一把泪一把。三永给我们说，这个老东西快死了。因为他娘早就给他说了，这个老不死的，是个造粪的机器，整天就知道糟蹋了粮食骂人，很快就要钻地了。

我们都知道，从东北迁回的三永的那个大爷，带领全家开垦出很多的荒地。到第三年，赶上麦子丰收，他把所有的麦子小山一样堆在场院里，然后倒背手，去全村的场院转悠，说东拉西，目的是要告诉人家，他家今年丰收了，足足收了有三万多斤麦子（有人估算，说是胡扯，顶多就一万多），谁要是过不下去了，就去找他要，他保证一个子都不收。但是大人们说，他这是在损人呢，当初他家就是在村里借不到一粒粮食才下的关外，你真去借借试试？我们不知道其中的隐情，但是，我们知道，这个东北口音的家伙，因为高兴，喝高了小酒，骑着他家脏乎乎的红马到处转悠，结果在一处干枯的河沿上摔下来，把腿摔断了。就算这样，这个得意忘形的家伙，仍然每天瘸着腿，哼着据说是二黄的小调子四处游荡，被大人们偷偷叫作二流子。村里人都说，那个气吹的三万斤粮食，把他的脑子撑出毛病了。

七八岁的时候，每天晚上，我都和姐姐一起去会计家记工分。会计爷爷吃玉米饼子的方式让我记忆犹新，我直到今天都一直认为，他的这种吃饭方式是最经典的爱惜粮食的方式。他把半块玉米饼子托在拢起的手心里，另一只手在下面接着，小心地凑上去咬一口，先不吃，仔细把掉下来的碎末抿到嘴里，一不小心掉到桌子上或者工分本子上，他就小心地先用手指头在舌头上蘸点口水，再把碎末按在指头上抿到嘴里。他吃得很专心，也很细心，不发出一点声音，细细地咀嚼，那样子，像在品尝一种无与伦比的美味。

对于吃，我时常想，什么东西才是最好吃最让人珍惜的？一个没有饥饿难耐经历的人，永远不会知道好吃和珍惜有什么关系。村里的老油子陈金奎，八十多了，耳朵背，听不见，但喜欢和三岁的孙子争零食，喜欢把争来的东西到处藏：房梁、橱子后面、被窝筒里……被儿媳妇翻出来，跑到大街上训斥他，骂他老没出息，老不要脸。他就笑，笑完了还藏。等大人都走了，他就冲我们这些围观的孩子嘟囔："我就藏，饿死你。"

我最初的饥饿记忆是在八岁那年初夏，我和伙伴带了攒的一毛钱（伙伴的还少，只有五分），偷偷去县城赶集。我们兴致勃勃地一路赶去，在大集上闻足了包子味，看够了那些街市上的好东西，等将近中午了，才想起来饿了，该回家了。而十多里地的路程，让我们很为难。但是把手里的这点钱花出去又舍不得。争议的结果，是坚持回家。但真到了路上才感觉出时间的无比漫长和行路的艰难。我们开始坚持着不提吃，后来忍不住，又开始说些和吃有关的话，把自己知道的最美好的东西都说出来，我们的想法，就是用说来代替吃。后来却发现这更麻烦，天那么热，我们口干舌燥，腿软了，嘴懒得张，尤其前胸紧贴着后背，喘口气很疼，像一溜火苗子一下一下地往上燎。我们感觉要死了。想找个赶马车的熟人，能说句好话搭人家的顺路车，结果一个也不认识。后来是老天给了我们一个惊喜，某个粗心的赶集人，一路掉了不少韭菜，韭菜都被晒蔫了。我们兴奋起来，比着武跑，谁捡到谁吃。我们飞快地跑，把叶子枯干的韭菜胡乱塞到嘴里，什么味没有也不管，接着又奔向下一根。但好景不长，韭菜很快就没有了。后来我们看到路边的小沟里扔着一只小死鸡苗，是卖鸡苗的人丢下的。伙伴高兴地捡起来，小心地捧着，详细地给我讲回家后用什么方法把这只鸡苗做出来——烤、炸、蒸、煮、炒，什么方法都想到了。讲得津津有味。那天，我们是怎么迷迷糊糊回到家的，早就记不得了。被大人骂也不知道，就知道回家睡了一下午，晚上吃了两碗饭，把娘都吓坏了，坚决不让再吃。后来，再见到伙伴，问他那只鸡苗的事，他不好意思地说，丢了，还说，当时我饿得嗓子眼里蹿火，不管什么东西，只要能吃，就想吃下去。

饥饿是火，粮食更是火，它们把一些人的神经都烧坏了。邻村的一个瘸子，因为仇恨老婆孩子吃得多，就把他们打跑了。他一个人放羊，怀里揣着个铝酒壶，时不时地喝个烂醉。他有一句话很有名，"酒就是那个粮食精，谁能喝来谁年轻"。

张同学的眼睛不好，是他小时候被娘打的。他娘要走亲戚，买回来五根油条，藏在篮子里，高高地挂到房梁上，被七岁的他瞧见，借小梯子偷吃了一根。娘回来，一数，少了，问他，他害怕，却傻笑，娘就恼了，一个耳刮子抽过去，眼就斜了。大了也一直找不到媳妇，他娘到死都哭，后悔，老是给人嘟噜：就为了一根油条，我们老张家就断后了哇。说着说着，就鼻涕一把泪一把，四处甩。

关于庄稼着火的那个梦，我觉得它持续出现，是有原因的。

那年过麦，还都在大集体。麦子基本都运到了场院里，等待轧场，女人们在地里收尾，我们在村北捡麦穗。忽然有人看见村子上方腾起浓浓的烟，大家都傻了，有人号叫起来。两家女人当时就怪叫一声，晕了过去，因为那浓烟，就在她们家的那个位置。我们拼命地赶到村子里，才发现，那股浓烟是在更南的那个村子，火苗子都上天了。等我们跑到那个村子北边，发现是场院里的麦子着火了。县里的人，部队上的人，周围村里的人，成千上万的人赶过去，排成十几条长龙，一个传一个，端水提水，把一条小河和好几口井都提干了，还是没能救下那场火。天太热，麦子太干，加上南来的热风，人在十几米以外都靠不上去，眼睁睁地看着大火把一场院的麦子烧成了黑灰。场院边上十多棵十几米高的大杨树，叶子全都烤煳了。救火的人里面，一个女人最疯狂，被人架出来的时候就看不出模样人事不省了，她的花褂子扣子全没了，就那么敞着怀，软耷耷的乳房上都是泥水和黑灰，头发焦煳地挓挲着。据说，这把火，就是她家五岁的宝贝儿子放的，等于把全村人的口粮给烧得精光。

那场灾难，对我们最直接的影响，是再也摸不到半根火柴了。大人们神色严厉，几乎用恶狠狠的口气威胁我们，不能再玩一把火。见过那场大火的小孩，无不对火充满本能的恐惧。不知道那个村子里的人那一年是怎么度过的。但是，那场大火留了下来，留在我的记忆里，让我在多少年后的今天，仍然不断地梦到它，好在，在我的梦里，大火过后，意识还固执地给我留下了金灿灿的粮食，虽然醒来的我知道，这样的事，在现实中是根本不可能的。

/ 八四年的全家福

八四年，故乡大地丰收。

乐坏了的村里人开始踅摸着摆谱，想来想去，居然想到一个方法，就是把以前跑到关外的亲戚们都招呼回来，让他们看看家乡的变化，主要想叙叙多年来的想念之情。当然，隐藏着的，则是想显摆现在的好日子。院中的三叔就得意地说："这回得好好地馋馋他们，让他们跑，越跑越穷，金窝银窝，那都是人家的，哪里也不如咱的狗窝好啊。"

于是，村里忽然在春节前来了几十口东北口音的人。在我们这个只有一百多口人的小村子里，这无疑是最大的新闻。你到大街上去，很容易就能听到东北口音的扑朔迷离。不过，因为都是村里人，离开也就是一二十年，论起来都有亲戚关系，所以，我们这些小孩子很快就玩到了一块，吵吵闹闹对小孩子是顿饭，完了还是好朋友。

村里人都表现出了空前的大方和热情。我们这个姓在村里院中（院中就是一个家族）人最多的。跑到关外的人也最多。小姑一家回来四口，院中的堂叔伯大爷家，一下子就来了七口，他三个儿子在东北都成了家，还不算那三家。大家都热热闹闹地每天忙着大宴宾客，来的人被各家排着号请。本来我们院中人就多，现在更是人满为患。好在院中的人都表现得出奇地好客，没有谁家显得不耐烦。大人们的热情激励了我们，也忽略了我们，我们每天都在外面疯狂地抽陀螺、打杂、丢沙包、打坷垃仗，基本的规律是：每天不打哭一个，不惹个小麻烦，是不会在大人们的召唤中回家的。大家的眼越来越尖，能在瞬间迅速看出事情的后果，然后，就"嗡"的一声立马散个干净，惹祸的家伙通常是自我加压，想办法自己了断，大不了被大人数算一顿，挨打的机会很少，否则，我们也不敢那么越来越得意忘形。

　　春节拜年空前的热闹劲还没过去，初四这天早晨，我们这些小孩子忽然被告知：不要走远了，一会要照相。这可是天大的喜讯。历来，我们都没有照相的资格。看照片上的大人们都很神气，就极端地羡慕。我们在院子周围转悠着玩，怕照相的时候被漏下，后悔一辈子。

　　那天真是个好天气，太阳很干净，没有风。我们转来转去，有个动静就赶紧去瞅瞅，心里跟揣着个小兔子一样躁动不安。

九点多，照相的终于来了，骑着自行车，带着很多铁家伙。谁也不理，很牛气地专心弄他的照相机。我们围着他转来转去，被呵斥了就龇牙一乐，或者吐个舌头。大人们陆续地都赶过来，抽烟，说话，喊我们到邻居家去借椅子凳子，到住得远的叔叔大爷家去喊他们快点……乱糟糟地一路忙下来。说实话，原来各家有仇翻脸闹别扭不说话的，都因为初一拜年和好说话了，这次就嚷得格外欢实。他们互相不说话我们小孩子都是知道的，也都习惯了，现在忽然这么热情起来，好像是多少年的好朋友，还那么大大咧咧地凶我们，我们心里很反感，嘴里不敢说，心里却在嘟囔：这么没出息，不说话就永远别说话。嘟囔归嘟囔，该做的事还是要做的，否则，他们就敢当着爹娘的面凶你，爹娘凶得更厉害。所以，还是自觉点好。

等人终于都到齐了，竟然是满满一院子。照相师傅满脸严肃，像将军一样指挥人们一个个落座。坐正中间的是大奶奶。她已经很老了，驼着背，老是流鼻涕，个头和八岁的三丫妹妹差不多。她前些日子还被儿媳妇骂出来，颠着小脚在大街上诉苦，现在，她成了大家的老祖宗，挂着拐杖，幸福得合不拢嘴。她儿媳妇最会来事，当着大家的面跑上去，把一顶黑帽子给她老人家戴上，还瞄来瞄去地正过来正过去，大奶奶赶紧站起来，不知道是害怕还是感动，话都不知道怎么说了。我看见一些女人都在撇嘴，有的还转过脸来冲我们做鬼脸。直到照相师傅不耐烦地说"好了好了"，她才笑容满面地倒退着离开，好像欣赏她最喜欢的狗蛋一样，喜滋滋地站到人群里去。

我的爷爷奶奶是老二，也去坐了。爷爷本来不是这个村的人，是小时候被送到这里跟了一个亲戚。根据排行，他是弟兄们中的老二。据娘讲，爷爷奶奶从五八年发大水那时候就跑到东北，一直到八〇年才回来，临走的那天晚上，大雨瓢泼似的下，房顶上的泥片不断地掉下来，到处漏雨，娘和八岁的姐姐都蜷缩在炕头上，娘给爷爷跪下，求他别走，但爷爷还是走了。这么多年过去，回到家却和我们分家，所以，和我们闹得很不愉快。大人们的事情我们不知道，但是，我们和爷爷奶奶不亲近是自己感受到的。见了爷爷奶奶，我们都远远地躲着。我们还陆续知道，爷爷奶奶在东北，和小姑姑一家住在一起，奶奶是后续的，小姑姑是她亲生女儿。小姑姑在东北一家七口，大丫残疾，挂着双拐，一条腿可以随便地甩到肩膀上去。如今，老家的日子过好了，她们却再也不能搬回来，所以，过这个年也没看出他们有多么高兴的样子。但现在，都是一脸的喜气，让我觉得很奇怪。

四爷爷四奶奶也坐上去（三爷爷奶奶早就去世了）。四爷爷曾经是村里的会计，算是村里的"人头"，说话办事有一定的权威。虽然后来因为在夹壁墙里藏东西被翻出来，贬成了饲养员，但这饲养员也不是随便什么人就能当的，要不是他的干兄弟当支书，估计这样的好事也到不了他的头上。很多时候，他只讲交情，不认情分，我们去借村里的牲口他都推三阻四，一般人都很少说他好。现在，他们坐到前排的座位上，显得很神气。

陆续地，大家都按照辈分和岁数大小坐好了。年轻的人都跑到后面站着，最后是我们这些小孩子，挤在自己的大人身边或是在合适的地方蹲到最前面，要不，就挤到边上。算下来，有七十多口人。大家嘻嘻哈哈地逐渐排好了。照相师傅自言自语地说："人还真不少啊。"

咔嚓……咔嚓……我们在不断被提醒不能闭眼的时候，蒙着黑红盖布的照相机，就在照相师傅捏着气囊"扑哧扑哧"声中照完了。原来这么简单啊！我们感到没过瘾，都围着不肯离去。集体照完了以后，才是真正热闹的开始。兄弟们、妯娌们、姊妹们、一家子……越是平时有矛盾有过节的，这个时候表现得越是亲近，似乎从来就没有那些龃龉，从来都是这么亲近的，在场的人都跟着不断地加拍起来，甚至，哥哥姐姐们都摆出各种架势拍照，有骑到新自行车上照的，有拉着手照的。大家欢天喜地，从来没有过的爽快和热情。那么冷的天，照相的师傅居然忙得满头大汗。

照完了。男人们又都互相约着到谁家去喝酒，女人们则是三个一伙，五个一群地到谁家去说闲话了。我们，则发一声喊，到外面去继续游戏。我们议论的话题，就是为什么一照相，大人们好像都成了好朋友。我们一致认为，还是经常照相的好，因为这么一来，大家都高兴——尤其是我们，跟谁在一起玩，都没有人出来骂，多好。

照片送来之后，我们看到各种各样的表情，闭眼的人也不少，咧着嘴的、歪着头的、半举着胳膊向一边看的、做鬼脸的，都成了大家取笑的对象。好在我是往后仰着头，虚眯着眼，手里拎着一根打杂的棍子，不是重点取笑对象。

这张合影被我家放进镜框里，一直保存下来。只是，那照片上的老人，在以后的几年里，陆续都去世了。很多姐姐妹妹也都出嫁了。虽然各家都相继娶进了新媳妇，并成了孩子他妈，新媳妇变成老娘子，照相就跟吃饭睡觉一样正常，而且，各家甚至每个人都有了时髦漂亮的影集，里面各种各样的照片都放得满满的，都是自己的；但是，好像，从那之后，即使日子过得再好，再也没有一张全院人的合影，也找不到从前的那种热火的气息。

/ 姥姥家

姥姥家在离我们三里左右的地方。

母亲带我们去姥姥家的印象似乎并不多。最深的一次印象，是去了之后，我们在小小的大门口，看到了天上飞过去的飞机。那时候飞机还是稀奇的东西，我看见的飞机飞得那么低，好像要擦着柳树梢了，闪光的翅膀在瓦蓝的天空下显得巨大无比。我们声嘶力竭地喊着，冲出大门跟着飞机跑，但是，我们还没有跑出巷子口，飞机就不见了，只听见嗡嗡的声音，巨大地滑过去。那一天，我一直激动无比，一个人见到如此稀奇的飞机，回家跟小伙伴们又多了一项吹嘘的内容。

对于姥姥家的记忆，都是后来母亲告诉我们的。我一直觉得，姥姥家是神秘的地方，有着许多传奇色彩。直到我初中时到姥姥的村里念书，按照母亲的嘱咐，专门去看姥姥家已经非常破败的老屋，仍然有这个印象。记得那天是雨后，我在老屋东边的院墙外转来转去，因为没有钥匙，我只能在外面看看房顶，看看露出檩条、翘着苇箔的房顶。姥姥家并不出奇，出奇的是她的房子东边，有着一个巨大的水湾，很深，水却很少，下雨的时候存些水，平时是干涸的。而在母亲的讲述里，这个湾就是充满神奇的地方。在破砖烂瓦乱堆的地方，我小心地寻找着下脚的地方。忽然，一条白色的细蛇爬出来，把我骇得心跳成一团乱麻，赶紧悄悄退回去，那条蛇慢慢爬走，似乎还专门回头看了我一眼，就因为那一眼，我"嗷"的一声怪叫，顾不得许多，疯狂地转身逃走了，蛇的那一眼，让我在噩梦中复习了无数遍，从那以后，我再也没有去过那里。

不久之后，姥姥的房子就卖给了邻居。

我之所以对姥姥的家没有什么印象，就是因为，在我刚刚要有记忆的时候，姥姥就被在内蒙古的舅舅们接走了，那里有工厂、有楼房、有汽车，那里的生活对于我们来说，简直就是天堂。我还记得的事情是，姥姥走之前，我们去姥姥家，把一些不能搬走的东西，包括一些正在成长的柳树，都装在牛车里，一车车拉了回来。

姥姥家的神秘，是因为姥姥和姥爷的神秘。

我没有见过姥爷，他是饿死的。据母亲说，姥爷是守着粮食饿死的。他是大队支书，仓库里就放着粮食，结果，他一粒粮食也没动，生生地饿死了，死的时候瘦得只剩下了一把骨头。连带着，是五岁的小舅以五个地瓜的价格把三岁的小姨换给了一个过路人；十六岁的二姨，在跟着人到泰安用麻袋背地瓜的时候，被火车撞死，连尸体也没有找到。对我们的疑问，母亲的回答很淡然，她说，谁让他是支书呢？好像，是支书就要守着粮食饿死。后来，母亲又接了一句，说："你姥爷是红军。"

姥爷是红军战士的故事对于我们，兴趣远远大于失去二姨和小姨的悲痛。在母亲断续的讲述中，我们印象最深的细节，是姥爷过草地的时候，中间要过的一段地方，竟然生满了蛇，多到了每走一步，脚脖子上就缠满了蛇，需要手里拿着刀，走一步割一下。我们简直无法想象，脚脖子上缠满蛇是何等的恐惧——仅仅是想想就害怕到了极点，而姥爷他们究竟是怎么过去的呢？是怎么用刀子在脚脖子上割蛇的呢？它们不咬人吗？咬了怎么办？被一堆蛇咬是多么可怕的事情啊！那些日子，我的噩梦里就是不断地被四处乱爬的蛇纠缠，母亲不断地被我们半夜里的惊叫吓醒，从此，就再也没有讲述过这些事情，但是，我们牢牢地记住了这个故事。

我们向来只对新鲜的东西感兴趣，因此对母亲的讲述总是连接不起来，只记住了一些片段。在母亲的讲述里，姥爷因为负伤回家之后，就成了地下党。家里总是放着一把王八盒子，还有四颗手榴弹。有一年夏天的傍晚，天气很热，人都喘不过气来，姥爷有事出了门，姥姥就张罗着一家人准备吃饭，忽然外面传来了枪声，听到枪声，姥姥第一反应，就是藏好姥爷的手枪和手榴弹。她赶紧冲进屋里，抓出这些东西，在院子里转了转，最后，在厕所后面的柴火堆里，用手挖了个坑，埋了进去。她刚在小饭桌前坐好，大门口就冲进了"小猪子"（还乡团和民团的杂称，类似于土匪），他们把姥姥捆起来，逼问姥爷的下落，并四处连挑带翻，结果什么都没搜到，最后，要带着姥姥走。姥姥破口大骂，被带走的路上，碰到了一个国民党的军官，看到姥姥在大骂，就停住问了几句，军官冲小猪子们吼道："混账的东西，让你们去抓谁了？抓个妇女有什么用？滚！"随后他告诉姥姥，来的这些人很杂，手脚都不干净，要她赶快回家，如果再有人抓她，就提他的名字。母亲一直没提这个军官的名字，但姥姥回家后大病一场，从此坚决反对姥爷把这些东西带回家。

姥爷是怎么做的我不得而知，因为母亲一直没讲。但我知道的是，后来一次，姥爷被小猪子们堵到了村里，幸亏当时还有好几个同志。战斗就在姥爷院子外面已经干涸的大水湾里展开。母亲这样描述当时的情形：枪子到处乱飞，哗哗的，直打了多半夜，后来就没声音了。一家人都以为姥爷这回要死了。没想到，第二天傍晚，姥爷又回来了。母亲以她七八岁的年龄，还记得和伙伴们到干涸的水湾里去，到处都是亮锃锃的子弹壳。

这样的故事无疑最为精彩，我们总是不厌其烦地请母亲反复地讲。只是，故事好像只是故事，总和姥姥本人联系不起来。姥爷我们没有见过，但是，姥姥我们见了，她是个脾气很大的老太太，看谁不合心思，张口就骂，口头语就是"小兔崽子""小王八羔子"。后来干脆，高兴不高兴都这么骂。

对此，母亲的解释是，姥姥一生养活下来的就有十个孩子，脾气不大就甭想活了。四个儿子六个女儿，都是吃饭的祖宗，没点脾气谁也管不住，还能过日子吗？母亲讲过一个笑话，说母亲和大姨、二姨三个人种了西瓜园，夏天吃饭就在地里吃，差派三舅和小舅用脸盆往地里抬面条，结果，送一盆吃一盆，最后，两个舅舅说什么也不干了，要累死了。

在内蒙古的姥姥，依然是个脾气很大的老太太，有一年回家来，骂得我们都不高兴。我那个时候刚上一年级。有一回大雨，我心疼新书，就把破布书包抱在胸前，一路跟头把式地跑回家，全身都是泥水，冷得浑身直抖。姥姥坐在炕上，一边骂一边给我换衣服，最后用被子把我揽在怀里，竟然落了泪，就是那样，还是在不停嘴地骂，骂"小王八羔子"。那时候，我才知道，原来姥姥是个很可爱的老太太。

姥姥在我们家仅仅住了一个夏天就回了内蒙古，母亲和姐姐后来也去过那里。回来给我们讲，内蒙古的四个舅舅、两个姨家的大人小孩，老少三十多口人，没一个不怕姥姥的，夫妻吵架、妯娌矛盾，一般不敢让姥姥知道，知道了哪个都免不了要被痛骂一顿。他们家的孩子更是娇惯得不成样子，自己管不住，只能请姥姥管。最典型的例子，是二舅家的一男一女两个孩子，十多岁，居然敢趁二舅不在家的时候，合伙把舅母捆到椅子上，两个人炒鸡蛋吃，还边吃边逗舅母，虽然二舅把儿子吊起来打、罚跪搓衣板，但这小子就是不改。就是这些顽劣的家伙，姥姥一顿大骂，都乖乖地说好话，躲到一边去。

一九八六年，九十岁的姥姥，终于丢下这个让她历尽沧桑的世界，悄然离去了。她的儿女们悲痛欲绝，这不单单是对她的怀念，更是因为，家里似乎少了一个主心骨。以后的事实也证明，姥姥的去世，让这个远迁内蒙古的大家庭，陷入了混乱。

我们奇怪的是，一生一直性情刚烈却又随遇而安的姥姥，自从离开老家之后，好像从来没有表示过对老家的思念和惦记。都说故土难离，叶落归根，但姥姥似乎是例外的。她在内蒙古的那些年，也从来没有提起过要回老家的事情。

一九九一年，二舅执意要把姥姥的棺椁运回家，说是姥姥托梦给他，想家了。经过长途跋涉，做了几十年司机的二舅，居然在老家的巷子里迷了路，当时正好赶上夜雨，二舅在村子里转来转去，就是找不到出路，在辗转三个多小时以后，迷蒙中的二舅忽然清醒过来，顺利地走了出来。事后，二舅对我们说，老家这个村，我闭着眼都能摸出来，都知道怎么走，你说怎么会迷路呢？怎么会犯糊涂呢？这是你姥姥到家了，要回家去看看。

我们面面相觑，觉得二舅这个解释，似乎是唯一能解释得通的理由。

/ 寻找失踪的小姨

失踪四十多年的小姨忽然有了消息。

我们全家欣喜若狂,母亲傻了一样,奇怪地笑着,挓挲着双手在屋子里转来转去,嘴里还嘟噜着:"你看这是咋说的?你看这是咋说的?"

我们从小就知道有个失踪的小姨。她三岁那年,被五岁的小舅领着去拔草,过村边的官道时,一个人愿意出五个地瓜,把小姨领走去享福,想吃什么就吃什么。小舅自己吃了两个,把剩下的三个地瓜高兴地拿回了家。等家里人找来的时候,小姨早不见了影子。

失踪的小姨成了母亲全家的一块心病,一下子积攒了四十多年。

母亲兄弟姊妹十个。现在家里人除了大姨和母亲,都在包头市安了家，成了老家人羡慕的对象。

二舅是个能耐很大的人，他年轻时逃难到包头，不但自己成了司机，成了家，还陆续把其他舅舅和几个姨都带到包头找到了工作成了家。姥姥在包头住着的时候，就一直在找小姨，但因为各种原因，一直没有消息。姥姥去世时，失踪的小姨成了她永远的遗憾。

而这么多年过去，忽然有了小姨的消息，大家能不高兴吗?

消息是二舅从小姨家里打来的电话，他、小舅还有小姨一家三口，随后就来我们这里。

他们终于来了。小姨是个很普通的农村妇女，说话有浓重的口音，小姨父老实得话都没几句，就只是笑，他们的孩子十多岁，很机灵，是个结实的黑小子。

我们很快知道，当初小姨被一对逃难的夫妇带走后，直接回到了一个叫瓷窑的地方，老两口没有孩子，对小姨很疼爱，后来又在村里给小姨找了人家。临终的时候把小姨的身世告诉了小姨。二舅他们发往各地公安局的寻人启事正好和小姨发到公安局的信同时被打开，公安局的人高兴坏了，直说这是个千年不遇的奇迹。

他们在我家里和大姨家里都住了三天，然后，就起程去了包头市。我们都很高兴，母亲也说，要是你姥娘还在该多好。

但是过了不久，包头的四姨打来电话，说是现在麻烦了。大家一致认为，小姨这么多年受了很多罪，现在家里日子过得又累又穷，小舅为了赎罪，坚决要小姨离婚，他再给小姨找工作、找对象。问题是小姨不愿意，大家正在做她的工作。

　　母亲说："人家一家三口过的日子挺好的，逼着人家离婚不好吧？"

　　四姨说没办法，现在二舅和小舅闹得最厉害。

　　母亲只是唉声叹气，说："这是咋闹的？他小姨父知道吗？"

　　四姨说现在还没给他明说，估计他看出来了，他又不是傻子，整天不说话，偷着掉眼泪。

　　又过了一段时间，四姨来电话说小姨父和孩子回家了，家里的农活不等人，又开始忙了。但小姨留在了包头，给小姨父说的是他们要和妹妹好好说说话，再待一段时间就回去。母亲问，他没说啥话吗？四姨说，人家啥也没说，哭着走的。母亲打听小姨现在怎么样，四姨说给她在纺纱厂找了个工作，看着心情不好，整天也不太爱说话。母亲要四姨劝劝二舅和小舅，人家一家子过了这么多年，孩子都这么大了，把人家好好的一家子这么硬拆散了，作孽啊。四姨说，就他们俩那个脾气，谁能劝得了？

　　说话间春节就到了，母亲要我们打通四姨的电话，她惦记着小姨的事。没承想，四姨开口就哭了。原来，小姨偷偷跑回去一个多月了，打电话人家听都不听就挂了，二舅和小舅又去小姨的村里，但是人家村里人在村边上就挡着，不让进村，小姨的婆婆和公公还有族里的人都提着铁锹赶出来，要和二舅他们拼命。为此，二舅他们很生气窝火，觉得小姨是个不可救药的人，放着好日子不过，非要去过那种苦日子，一生气就发誓不管她了。

　　母亲着急了，问现在小姨怎么样。四姨说她偷偷地给小姨写过信，被退回来了，说是查无此人。母亲随后要我们根据小姨当初留下的地址，马上写信去。但没过多久，我们的信也退回来了，还是查无此人。

　　母亲当即就哭了，说找了这么多年的妹妹，刚见上一回面，话还没说够，现在又找不着了，不是找不着，是人家伤心了，给咱们断道了。

　　直到现在，我们失踪四十多年的小姨又像当初一样失踪了，我们再也没能和她联系上。母亲去世前，还在唠叨着小姨的名字。但是我们没有办法，我们开始写去的信还能被退回来，后来就石沉大海，什么消息也没有了。

　　小姨又失踪了，她像一个梦境，一闪就消失了。

/ 寂寞的人在吵架

　　那座老房子里住着一对年逾古稀的老人。

　　每天上下班，我都必须经过那座老房子。老房子在上坡的拐弯处，低矮破旧，院墙也摇摇欲坠，一推就倒的样子，院门是老式的竹栅，歪斜在门口。整个东墙下堆满了附近人家倒来的垃圾，竟有半人多高。有很懒的人来，垃圾就往坡上一扔，路上撒满了垃圾，懒人扭头就走。有好几次我看见老人出来，冲着垃圾发呆，也许是在生气，但他什么也不说，拿来铁锨敛了往垃圾堆上丢，一点一点，非常仔细，最后，又用扫帚扫得一干二净。

　　有时候我也觉得非常生气，倒垃圾的人完全可以再多走几十步，倒到西边的垃圾池里去，可他们不，他们明目张胆地往老人的门口倒，垃圾把老人的房子都围起来要埋掉了，他们还倒，冬天还好些，夏天怎么办？换了年轻人在这儿住，他们还敢吗？

老人没什么表示，似乎已经习以为常了。他们很少出门，也不见有什么人到这儿来串门，更没看见过儿女们来的痕迹。他们深居简出，小竹栅永远斜靠在院墙上，关和不关都一样。

夏天的时候，院墙上爬满了丝瓜秧、扁豆秧、葫芦秧，甚至，还有黄瓜秧，非常茂盛的样子，院门上也爬满了，这显得门口很阴凉、潮湿，院子更幽静。

很热的时候，他们会坐在门口乘凉，面无表情地看来往的人来去匆匆，很遥远很局外的样子。每次走过这儿，我都好像走进了千年古洞，一些很热闹的想法就消失了。我忽然一下子被寂寞的时光击中，静下来。那时我很想知道，他们在想什么，他们都经历过什么，知道多少我不知道的东西。

他们很少说话。但也不是不说。有一回我下班回家，老婆儿一个人坐在阴凉里，不料我听到了说话声，我仔细看看，是她一个人——原来她在给自个儿说话，说什么我听不清楚，但她分明在说话。

还有一回，老两口在院里大声对话——

"墙上的丝瓜该摘了。"老婆儿说。

"他们不来拉倒。"老头儿声音很大。

"再不摘就没法吃了。"

"咱们不是混得挺好吗？"

"你不吃我还吃呢！"

"我什么时候求过人呀？"

我听得莫名其妙，后来一想，差点乐了。但我始终没能乐起来。

他们也许耳背，也许已经听不见了，但是，也许他们压根就不在乎说什么，他们只是想说，说什么，无所谓。

他们已远离了我们现在的红尘，不，应该说他们活在自己的往事里，他们的寂寞很大，大过他们门口的那堆垃圾，他们探出头来喘口气的唯一办法，就是说话，大声地不停地说话，或者说，是在不停地互不相干地大声吵架。

一生的寂寞有多深呢？七十多岁的寂寞是什么样呢？不知道。我们这些浮躁且自以为是的热闹中的人永远不知道——一个人永远都不知道另一个人的寂寞是什么样子。

我知道的只是：一对寂寞的七十多岁的老人，在吵架——在不停地互不相干地大声吵架。

/ 最后的人家

楼后的平房区拆迁基本已经结束，推土机和运输机正在昼夜忙碌，轰鸣不断。最显眼的，是遍地的废墟边上，还剩下最后一家在坚持，不是说这家还没有拆迁，他们已经拆迁完了，但是，他们一家在自己房子废墟边上，草草地用几根棍子和一块篷布搭了个简易帐篷，下面放了一辆三轮车，车上放着被褥，一家人轮流在废墟上分拣砖块，细心地把砖块分拣出来摞好。我注意到，晚上总是有人在三轮车上休息，看着这片废墟。

这是一家居民，就在离我们的楼房不远的地方住着，他们也许祖祖辈辈都住在这里，院子里的废墟上到现在还有几棵大树挺立着，有一棵高大的梧桐，一棵长着淡黄色树叶的老枣树，还有一棵香椿和一棵臭椿。我注意到这家只有三口人，两个老人和一个很胖的女孩，女孩有二十多岁的样子，我从大街上走过的时候，经常见到她守着一三轮车的各种鞋垫、短裤、袜子之类的衣物，一言不发。其实，在拆迁开始的时候，别的房子迅速消失了，这家还是一动不动，院子里的绳子上还在挂着刚刚洗过的衣服，几棵高大的树木遮住了半个院子，摆摊的女孩还是每天推着三轮车出门。原来的小巷子已经都夷为平地，路很难走，她艰难地推着车，胖大的身子看起来很可笑，但是女孩一点笑容也没有，我几乎没见她笑过，她一语不发地把车子推出废墟地，然后骑上车子走了。我看着这纹丝不动的一家，很替他们担心，觉得这样的坚持一点意义也没有，这次拆迁的政策很优惠，很多没有被拆迁到的人都非常羡慕这些被拆迁到的人家，拆迁费和补偿费还有楼房的优惠价都很诱人。

　　终于，他们开始行动了。我看到开始是几个人来帮着用小三轮车拉家具，搬家，我认为他们终于找到了房子。过了两天，就一下子来了很多人，到房顶上去揭瓦，然后顺着一块长木板滑下来，有人迅速在一边排好了。他们干得很快，到我下午下班的时候，房梁、门窗和屋瓦都已经卸下来整齐地排放在一边，然后，来了一辆铲车，一会儿就把所有的院墙和房框都推倒了。我以为他们马上就要结束自己的坚持了，但是，事后我才知道，他们的坚持还在继续，所不同的，是他们在忙碌中坚持着。

当天晚上，三轮车和帐篷就都放好了，男主人有五十多岁的样子，他从此就住在了这里。晚上，当我在北面的书房里打字的时候，我就能听到叮叮当当的砖块碰击声，我知道，他正在用一把瓦刀一块一块把砖块上的水泥砍掉，然后再把砖块整齐地排好，他一直忙到深夜，幸亏他干活的地方离我们的楼房只有几十步远，我们的灯光可以照着他。所以，这段时间，我总是忙到很晚，直到听不到叮叮当当的声音了，我才关机。关窗的时候，我看到三轮车上有时候会有闪亮的烟头，我知道，他一定很累了，很累的时候吸一根烟，是很惬意的事情。

每天早晨，女主人会很早就来，两个人忙到七八点钟，那个胖女孩会来送早饭，早饭是油条米饭或者是老豆腐之类，是女孩从小饭铺买来的。可以看得出来，老两口很疼爱他们的女儿，他们来忙碌的这段时间，女孩还可以在家里多睡一会儿。等我上班要走的时候，我看到男主人不见了，一直到中午或者晚上才见到，我觉得他可能去上班或者找活干了。女孩和母亲白天就在自己家的废墟上忙碌，女主人总是戴着一副破手套，不停地忙碌着，偶尔会直起腰来站一会儿，看着不远处忙碌着的推土机铲车发呆。而女孩看起来很胖，但好像身子很虚弱，我有好几次看到她的母亲在忙碌着，而她，躺在三轮车上，摊开四肢，好像睡着了。而她的母亲，却从来没有叫过她。

说着说着，他们这样忙碌已经十多天了。中间还下了好几次雨，雨不大，他们给摞在一起的门窗盖塑料布，风吹过来的时候，帐篷和塑料布都在哗哗作响。有一天晚上，下雨的时候打雷，声音尖厉骇人，听说一个银行高楼的一角都被雷劈下来，那回我们一家都醒了，儿子吓得尖叫起来。我起来把所有的窗户都关好，不知道那个男主人在他的只有一个顶子的帐篷里怎么过这一夜。但是，第二天，他又开始了忙碌。

这一家人说话很少，我常常见到他们在小帐篷边上坐着马扎，边四处看着，边默默吃饭，好像过麦时村里人在地里吃饭一样。他们这样很扎眼，他们好像是处在一个广场上，来往的人老远就能看到他们，尤其别人一家也没有了，只有他们还在看着自己的老院子，守着那几棵大树，在一点一点地清理废墟里的砖块。我不知道他们要做多大的努力，才能克服这种心理上的压力。周围的废墟已经清理得差不多了，实际上很多人家连自己老房子的砖都不要，只把门窗等贵重点的东西运走，就再也不来了，这就让很多农民捡了便宜，他们开着拖拉机来挖一些房基下的石料和遍地的砖块，装满一车就迅速拉走。现在他们也都不来了，这一家还在清理着。我一直奇怪没有人来赶他们，那些负责工程进度的人也不管，只是在周围的地方清运那些废弃物。

没事的时候，我和妻子念叨，不知道这一家在哪里租的房子住。一个租房住的人，这些砖瓦、门窗和木料能往哪里放呢？没有地方放，还在辛辛苦苦地清理这些东西，给自己找多少麻烦？哪有一下子全卖了清心？妻子说你没看出来他们家里一定不富裕，是舍不得这些东西，这些东西卖就不值钱了，有了这些东西，再盖房的时候能省不少钱呢。我说，理是这个理，但是太麻烦了，有点划不来。妻子叹口气说，我们不一样吗？穷人的日子只能盘算着过。我没有说什么，其实心里更想说的是：他们这样在大庭广众之下这样忙碌，是钝刀子杀人啊，太伤自尊了……

昨天中午，我看到老两口在三轮车边上吃饭，低声说着什么，眼睛茫然地看着自己家的废墟，他们忧郁的女儿在三轮车上又睡着了。女孩虽然梳着比较流行的那种发型，但是个子太矮，也太胖，这样的女孩一定是很自卑的，也让她的父母添了更沉重的心事。但是现在女孩不知道，她睡着了。我看到男人好像在训斥着女人，女人吃着吃着，忽然抹起了泪水。男人看她一眼，什么也不说，只是干涩地吃着手里的馒头，呆呆地看着那些清理出来的杂物，茫然地看着。

　　我心里一顿，眼角有些湿，就赶紧从窗子边走开了。也许政策的确很优惠，但不知道他们有没有条件享受得到。还有，这个地方很快就要变成另外一种景象，他们这样沉默坚持着，更像是为了在自己的家里再多待一点时间，给自己的家做最后的道别。

　　他们还在坚持着，所有砖块已经清理完并整齐地码在一边，那几棵大树还在，两个大水缸还在，卸下来的门窗和房梁还在，他们还在坚持，什么时候走，我不知道。但是留给他们的时间肯定不会太长，因为周围已经被清理干净，变得像一片被整平的耕地，就等着播种了。

/ 瞬间沧桑

——写给即将消失的老屋

十几年前，被一个梦想诱惑，我义无反顾地转身走了，那种迫不及待，甚至来不及回头看你一眼。

在我眼里，你是破落的，残损的，禁锢的，也是压抑的，痛苦的，绝望的。是你的存在，让我呼吸无法畅通，走路不能挺腰，说话没有底气。我甚至对母亲说，我做梦都想离开。确实，我设计了无数方案，包括某些无法实现的梦想，目的只有一个——彻底地离开你。

我真的转身走了，那个梦想实现的时候，我喜极而泣。虽然，只是搬家去县城租房而居，其时，我的工作还没有着落，我两手空空，一穷二白，连简单的家具都没有带，包括日常生活用品，所有的一切，我都没有，而我，还在狂妄地和朋友吹嘘：我要靠自己的双手打天下。

在小城里最为艰难的日子里，我毫无惧色，给人帮过工，做过建筑公司的打杂，办过书店。无数疲乏劳累倍感屈辱的日子里，我常常会以你作为背景，悄悄描绘未来美好的一切。那个时候，我雄心勃勃，激扬文字，指点江山，自以为找到了最终归宿。而我所有的动力，都来自对你的背离和反叛。我不止一次得意地在文字中坦白：离开那个破败的地方，就是我最大的成功。

如我所愿，最初的梦想慢慢照进了现实。有了稳定的工作，有了属于自己的家，有了在村里人看来值得骄傲的一切。

但我忽然开始挂念起你来。我似乎在某个时刻，开始想念你的菜园，想念你院子里的枣树，想念窗台前高大的秋葵花，想念你乌黑笨拙的木门，想念你贴满报纸的墙壁，想念你特有的气息，甚至，想念你的低矮和陈旧。每年，我都找一些机会回去看看你。一切，都因为，母亲在那里，是你，给了母亲温暖。

母亲病重的日子里，我频繁回家，每次见你，都感到一种沉重的压抑和恬淡的温暖。偶尔，感觉轻松点的母亲开始唠叨一些从前的事情，而你，作为母亲一手操办起来的一件大事，像她的另一个儿子一样，让她充满了无限的疼爱和揪心。她常常微笑着絮说你带给她的磨难、艰辛和欣慰，但我们可以感觉出来，你是母亲一生的骄傲——在那个年代，能自己建一座瓦房，是多么不容易的事情——你其实是她最疼爱的儿子。

当我们在痛苦中无法留住母亲的时候，你成了我第一个无法触摸的隐痛。还记得母亲去世后，我第一次回家，一个人走进破败的院子，恍惚之中母亲笑着走出来，像从前一样，喊了我一声小名，那个瞬间，我忽然泪水横流，无声哽咽。我返身关上角门，在屋门口蹲下来，放声痛哭——母亲走了，再也不会回来喊我的小名了，一个没有娘的孩子，将成为一个孤儿，被抛入尘世，独自一个人去承受所有的荣辱。那个时刻，我知道，再也不会有人听我的牢骚满腹了，再也不会有人给我做好吃的饭菜，再也不会有人宽恕我的胡作非为。

娘永远走了。你也成了孤儿，像我们一样，从此孤苦伶仃，无依无靠，自舔伤口。

在母亲的陈述里，我知道，你和我同年。修盖你的时候，我正闹肺炎。整整一个月，家里忙成一团，而我在医院里添乱。当你矗立起来的时候，全家人仍然感到了无限的欣喜和宽慰——终于有了自己的家了。从此，我的命运开始和你紧密相连。母亲忙于生产队的活计，常常要将我们用绳子拴在窗台上的铁栏杆上。后来，邻居婶子无数次笑话我的故事就是，穿着沙土裤子，站在窗台前，只要听到角门响，立刻号啕大哭。而我自己记得的情节，多数都和墙上的报纸有关，和那些图画有关，我一次次地描摹那些人物，那些神秘的字眼，是它们，像一场神秘的游戏，带我一次次走得更远。

你几乎见证了我童年所有的快乐和痛苦。吵架，和好，做游戏，挨骂、挨打的委屈和痛苦；吃好东西、穿新衣服的欣喜；在熏黑的木门上用毛笔歪歪扭扭地描画"忠"字，还放在一个心形里，并且一直留到现在；在昏暗的油灯下写作业，鼻孔熏得乌黑；在火炉旁，一边挨骂一边心虚地烤在雪地里湿透的棉鞋；偷偷在炉盖上烤玉米花；从家里逃出去，逃到村南的杜梨树上，夜黑了又悄悄潜回草屋，第一次知道想家的滋味；冬天的夜晚，帮母亲扒坚硬的棉桃，手指头生疼，撒谎有作业偷偷去看课外书；在院子里偷偷种桃树，被母亲骂不吉利……那一年，我八岁，闹地震，全村所有的人都躲进院子里临时搭起的帐篷，大雨瓢泼，帐篷里雨流如注。而母亲，坚决住在房子里，她说："房子是我盖的，该我走了，就我和房子一块走。"最终，村里人都受不了连续的大雨，陆续搬回了房子，不久，警报解除，一切都安然无恙。

中学时代的所有梦想也都和你有关。一上初中，我就开始自己单独住在西屋里，每晚熬夜，看书，写一些自以为是的东西，当作家的梦想被伙伴们嘲笑之后开始转入地下，甚至也躲开了母亲和姐姐的监督。午夜，写完作业，就着窗外明亮的月亮，沉浸于那些遥远的故事，是我最大的享受。等我考上师范，你成为我的第一个驿站，返乡的欢乐，在于每次回去，能跟伙伴们讲述学校里的各种新鲜故事。在他们的惊讶中，我满足了自己的虚荣和虚妄。

毕业返乡的现实，给了我第一次沉重的打击，而挣脱这种沉闷的生活，你又成了我反击这种生活的替身。我开始厌恶，开始仇恨，开始梦想尽快离开你，远远地离开。那个时候，我始终认为，什么时候离开了你，就离开了压抑，就能重新开始新的生活。家里已经准备了钢筋、水泥和木料，他们在为我成家做着准备。但是我的厌恶和仇恨使我一次次劝说母亲，别翻修房子了，省下钱，以后用钱的地方多着呢。母亲一直迷惑于我为什么对自己的家这么痛恨，她不止一次地给我讲述家的重要和温暖，她说："你就是以后走到天边，这里都是你的家，人活一辈子，谁能离得了家？"

但我的固执和倔强遮蔽了一切，我只有一个念头：离开这个鬼地方，我才会有出路。

真正的离开了，我确实很多年感到了一种舒畅和快慰。

直到母亲去世，我才恍惚之间回到了现实。我才第一次仔细打量你，打量这个我眷恋过又仇恨过的老家，我的老屋。

母亲去世后，父亲逢年过节都要回到老家。老屋老了。老得已经不成样子了。每逢雨雪天气，我都躲到城里的小书房，点了烟，在黑夜里接受一种煎熬。我开始和父亲商量，该修房子了，这老屋已经不行了。但是父亲总是说，还是老房子住着踏实，这房子虽然老了，是坏的，冬暖夏凉，住着舒适，它能陪我熬下来。

这个，我信。但是房子太老了，西屋的屋顶已经塌陷，最西边的一间已经坍塌。只有父亲住的这间还好。随着回家的次数增多，我更加坚定了翻修老屋的想法，而有关你的温暖的梦开始回来：等到老了，退休了，一定要回到老家，和你朝夕相处，植一片花草树木，养一群羊狗鸡鸭，开一片袖珍菜园，采菊东篱，把酒话桑麻，颐养天年，多么美好！

只是忽然，有消息说，一条公路将从村子中间穿过。这消息于我，不亚于晴天霹雳——一个本来就只有不到一百口人二三十户人家的小村庄，要穿一条公路，不等于将这个村子彻底从地球上抹去了？我的老家，我的老屋，你将随着一条公路的贯通而彻底消失了？

你没了，我还有老家吗？老家没了，我还有故乡吗？我忽然感到了一种锥心的疼——一个没了故乡的人，将彻底成为一个没有归宿的人。从此以后，这个世界上所有的人，都可以落叶归根，唯独我，将成为一片落叶，无根可落，终生漂泊，无处落脚，无处安息，魂飘四海，动荡不安！

此时，我才明白，母亲当初的话，是多么真实：你就是走到天边，这里都是你的家，人活一辈子，谁能离得了家？

如今，我还没有走到天边，就回心转意，自觉要回来了，可是，你却要没有了。都说浪子回头金不换，可是，你连这样的机会都不再给我。

爱恨交加，疼痛不安。恍惚之中，我觉得，肯定有我看不到的一双手，藏在时光的背后，明察秋毫，随时掠走我自以为是的某些珍藏，让我在瞬间惊呆，瞬间失望，瞬间崩塌了所有的迷梦和幻想。又恍惚觉得，你的即将消失，肯定是对我当初反叛你的一种报应——我终于得到了应有的报应——当初，那么急切地想离开你，背叛你，而今，报应到了，你将永远地离开，我再也不会见到你了。

近年来，尤其最近，我一直将你作为一种难以诉说的痛楚和心疼藏在心底。像一处风景，一段情感，一个随时会疼痛的柔软的所在——我把你视为最后一张底牌，深深地藏在谁也看不到听不到的地方，我竭尽全力地呵护着你，遮蔽着你。当修公路这个消息四处传扬的时候，我也哑口无言，保持沉默，从来不和人谈起我的老家，从来不和人争论关于你的具体细节。在我心中，你好像一处摇摇欲坠的悬崖，随时都会崩塌消失。这样的隐痛于我，如一处隐秘的伤疤，随时都处在被人揭穿的担心和恐惧之中。

可我也知道，这个时刻，随时都会降临。降临了，会怎样？我不敢问，也不敢想！

但我敢断言，这个世界，在那一刻，于我，将瞬间沧桑。

而我，将会突然变得比你还老，憔悴而无助，沉默而孤独，飘摇于风雨之中。

/ 后记

记忆的芬芳

一阵风在拐过街角的时候突然变大，把一棵街边的梧桐树树叶又吹落下来几片，宽大的叶子很抒情地在空中摇晃，类似一种舞蹈。我看着向左飘过来又向右飘过去的树叶子，心情忽然豁然开朗，记忆里类似的场景似乎已经出现过多次，现在又出现了。这阵小风还是以前的那阵吗？为什么它的动作是如此的相似，性格都是如此的顽皮——它迅速又变小了，在另一条街的树叶上晃了晃，如同一个四五岁的孩子回首招了招手。

开始我不知道记忆是有味道的，这样恍惚的感觉多次出现，我才逐渐发现，记忆在某个不可预料的时刻突然出现，再迅速消失，是因为某个场景触动了我记忆的某个嗅觉神经。小时候嘎嘣嘎嘣吃冰块的声音在我走过大街上的某个广告牌的时候出现，鲜香椿的味道则是在我看到广场上有人穿的衣服时突然出现，小鸟嫩黄色的嘴巴喜欢在我看见某个孩子张嘴大笑时十分清晰地闪现出来……这样的时刻突然且混乱，完全不按照我日常的思维顺序和感觉出牌，一个动作和一个声音奇妙地关联在一起，一种颜色却又和一种气味先后出现。

有一回我走过一个小摊，看见一个卖菜的穿着脏兮兮的军大衣，脑海里忽然跳出童年的一个玩伴。他那时候喜欢抽鼻子，尤其在冬天，整天都是清鼻涕，我们就喊他过"黄河"，但他总是在还没到"黄河"的时候就及时而迅速地把它们抽回去。他爹早就去世了，他又学会了磕巴。冬天冷得手不敢伸出来，他总是张着笑脸，磕磕巴巴地给我们吹嘘他家里多么暖，他娘给他炒的料豆多么的可口和香脆。他成年后和老婆到城里去卖菜，结果在一个大雾的早晨，被过路的车撞了……现在忽然看到这个穿军大衣的卖菜人，心里竟然酸楚不已，赶紧悄悄走开。

当然这样悲伤的时候不是很多，多数是在我没准备的时候突然出现某个童年时期的细节，让人回味良久。我还记得，在看到一株柳树时，忽然记起老八他爹在我们小时候的"小资生活"。他爹长年在外面做木匠活，家里似乎是比我们富裕的，有一回天黑了我们去他家里，他爹刚给棉花喷完药，洗漱完毕，正光着膀子坐在院子里喝酒，肩膀上搭条湿毛巾，下酒菜是鸡蛋炒青椒。他就那么把一只脚放在屁股下的椅子上，悠闲地喝酒、吃菜，对我们理也不理，过一会儿还很响地喷一下鼻子。他家宽大的院子里全是高大的芦苇，在夏天的微风里晃来晃去，芦苇叶子互相擦得唰唰作响，简直像晃着海浪的大海。我们紧张得要命，他却悠闲地边喝酒吃菜，边喷鼻子。我羡慕得不行，觉得做他这么个人真是太好了，要知道，当时，喷棉花是一个庄户人最起码的活计，回到家该干啥还得干啥，他却享受了打坯、挖河之类重活才能有的待遇。但是现在，喝酒吃菜于我是经常的，可是，就是不能找到他那种悠闲。至于柳树和他的这个片段有什么关联，我自己也不知道。

记忆里还经常出现的毫无关联的片段有：一个小孩子的脸总和一畦细嫩的小葱同时出现；一只正在变嗓子的小公鸡打鸣的声音总是与春天的一阵风有牵扯。更多的时候，它们杂乱无章，跳跃性很大，让人找不出它们之间有什么必要的联系。但是，说出现，就忽然出现了，在眼前闪一下，又迅速消失，让人在打个愣神以后，不知道发生了什么。

穿越时空的这些生命里的片段，似乎都有自己奇特的香味，它们都在各自的位置上待着，也许多少年不会出来一下，也许，只因为一个小小的细节，就忽然循香而来。如同一只燕子，在过了一年以后，只要北归，就能辗转千里找到去年的那个檐角；一条洄游的鱼，跑多远的路，也会回到以前的那棵水草下面。

记忆是永远不会消失的电波，在大脑的某个沟回里潜藏着，某种感觉一旦出现，就迅速地也跟着跳出来，像个馋嘴的孩子，禁不住香味的诱惑。其实，说起来，我们的一生，不都是这样吗？怀旧，不单单是成年人甚至是老年人的业余爱好，一些孩子，固执地喜好某个人，某种气味，某个地方，这和他最初的记忆有着密不可分的关系——是那个记忆，给他的一生，打下了不可磨灭的烙印。